そこに。闇が立っていた——。

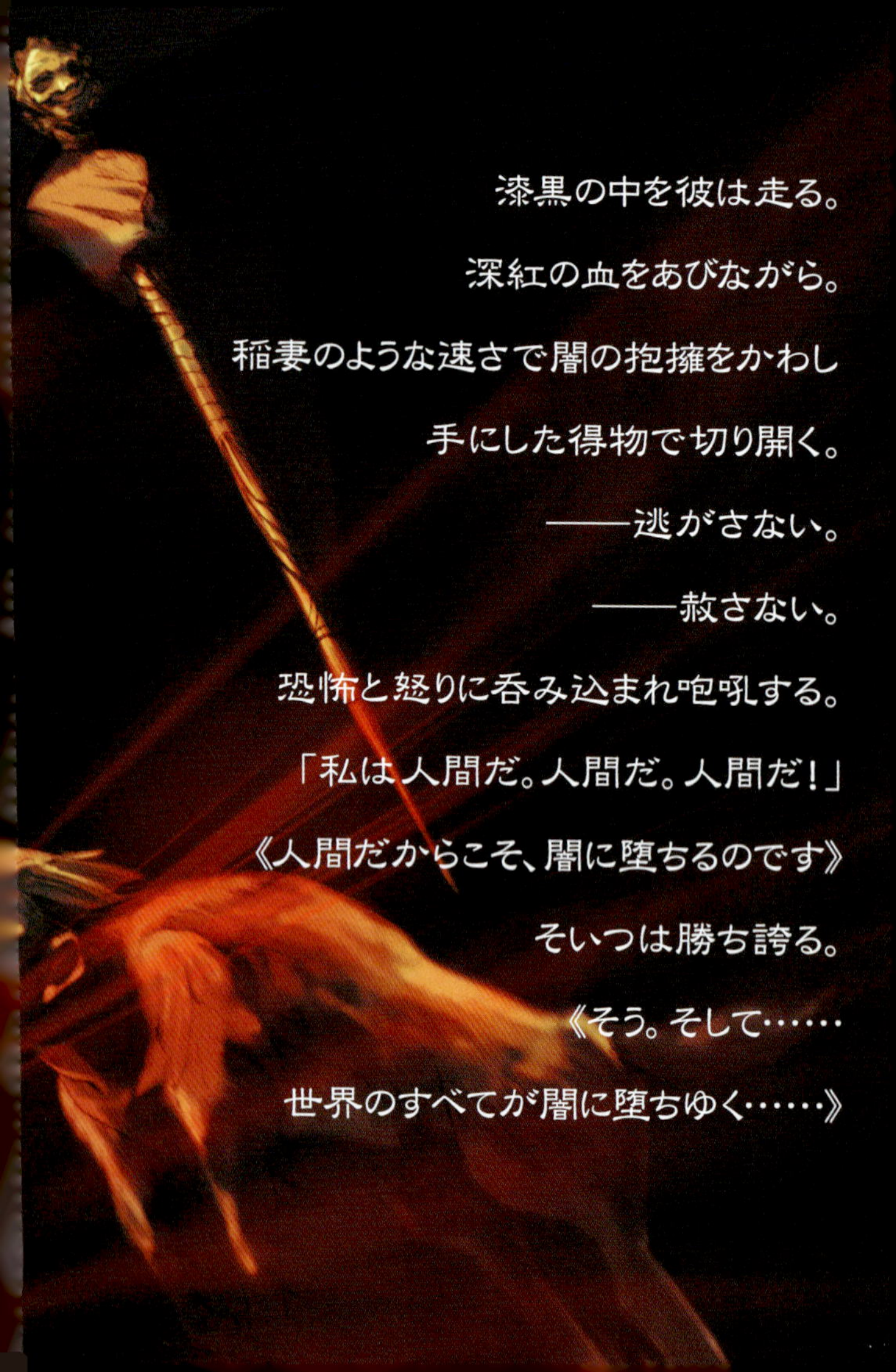

漆黒の中を彼は走る。

深紅の血をあびながら。

稲妻のような速さで闇の抱擁をかわし

手にした得物で切り開く。

——逃がさない。

——赦さない。

恐怖と怒りに呑み込まれ咆吼する。

「私は人間だ。人間だ。人間だ！」

《人間だからこそ、闇に堕ちるのです》

そいつは勝ち誇る。

《そう。そして……

世界のすべてが闇に堕ちゆく……》

わたしはこいつを知っている。
果てない絶望とともに
こいつはいつも傍にいた！
こんなのイヤ。こんなの……
宙に浮かぶ水球に囚われ、少女は叫んだ。

Varofess I

——ヴァロフェス——

887

和田賢一

富士見ファンタジア文庫

135-1

口絵・本文イラスト　人丸

目　次

プロローグ……………………… 7

第一話　鴉男……………………13

第二話　森………………………41

第三話　翠玉が丘………………72

第四話　エスメリア・ルー……89

第五話　廃屋……………………117

第六話　出現……………………130

第七話　池………………………159

第八話　叫ぶ者…………………180

第九話　無の都…………………211

エピローグ………………………241

あとがき…………………………246

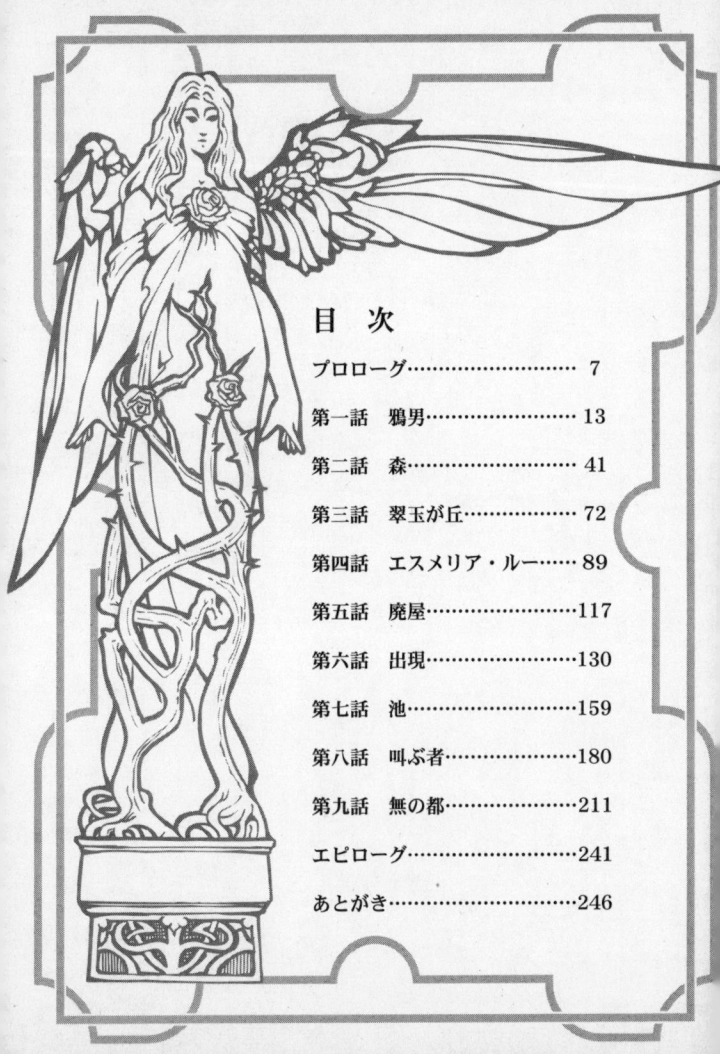

Introduction

Varofess

プロローグ

闇《やみ》の中を男は走った。
手にした得物《えもの》を振《ふ》るい、群《むら》がる敵《てき》を打ち砕《くだ》きながら。
だが、生臭《なまぐさ》い返り血をあびながら、ふと、考え込む。
敵とは何だ？　私にとっての敵とは？
……決まっている。
あいつだ。
白衣の魔術師《まじゅつし》、マクバ。
私に唯一《ゆいいつ》の理《り》解者《かいしゃ》と偽《いつわ》って近づき、内心では邪悪《じゃあく》な企《たくら》みを抱《いだ》いていた偽善者《ぎぜんしゃ》。
やつは私の中に眠《ねむ》っていた怪物《かいぶつ》を呼《よ》び覚ました。
そして、私は自らの手で……。
マクバに魂《たましい》を触《ふ》れられたものは全《すべ》てを奪《うば》われる。

残されるのは消えない苦痛《くつう》と悲しみ、そして己《おのれ》を呪《のろ》う心だけだ。

しかし、やつの囁《ささや》く言葉は、甘美《かんび》で優《やさ》しい。

だからこそ、この世界には、やつに惑《まど》わされ、魂を闇に墜《お》とした者があふれている。

そう、私と同じように。

眼前《がんぜん》の闇が海の波のようにうねる。

そして男の身体《からだ》を包み込もうと襲《おそ》いかかる。

闇は年老い疲《つか》れきった男の顔をしていた。恋人《こいびと》に捨《す》てられ嫉妬《しっと》に狂《くる》った若《わか》い娘《むすめ》の顔をしていた。大人に虐《しいた》げられ、怯《おび》えきった幼《おさな》い子供の顔をしていた。家臣に裏切《うらぎ》られ、毒をふくんで果てた貴族《きぞく》の怨念《おんねん》に歪《ゆが》んだ顔をしていた。

そのほかにも何十、いや、何百という顔が浮《う》かび上がる。

顔、顔、顔、顔……。

闇はいくつもの顔を持っていた。

泣き叫《さけ》び、怒《いか》り狂い、そして嘲《あざけ》りの笑い声をあげながら闇は、男の魂を鷲摑《わしづか》みにしようとする。

闇に向かい、男は獣《けもの》のように吠《ほ》えた。

それが男にとって唯一、正気を保《たも》つ方法であるかのように。

そして稲妻《いなずま》のような速さで、闇の抱擁《ほうよう》を避《さ》け、手にした得物《えもの》で切り裂《さ》く。
引き裂かれた闇の中から、いつか聞いたあの声が蘇《よみがえ》ってくる。
——追いつけるものなら追いついてごらんなさい。
黙《だま》れ！
——今のあなたでは決して私を捕《とら》えることなどできない。
黙れ！
胸《むね》の中にどす黒い炎《ほのお》が燃《も》えあがり、男は叫ぶ。
逃《に》がさない。私はお前を許《ゆる》さない。
お前を滅《ほろ》ぼすためなら、私はどこにでも行く。
と、全身に激痛《げきつう》が走る。文字通り、火にかけられたような壮絶《そうぜつ》な痛《いた》み。
黒い炎が塊《かたまり》となって男の身体を飲み込もうとする。
「思いだし、受け入れるのです。あなたの本来の在《あ》り方を」
耳元で声がした。
そこにいたのか。ずっとそこにいたと言うのか。
男は叫び続けた。
それは恐怖《きょうふ》と怒りが混《ま》じり合っていた。

私は人間だ！

この世に生を受けて二十年余《あま》りの間、何度も口にしてきた言葉を叫ぶ。

私は人間だ！　私は人間だ！

「人間だからこそ、闇《やみ》に墜《お》ちるのです」

魔術師《まじゅつし》は勝ち誇《ほこ》ったように言った。

「そう、この世界の全《すべ》ては闇に墜ちゆく……」

Curtain Rises

Varofess

第一話　鴉男《からすおとこ》

1

狩《か》りの時間が始まる。
闇《やみ》の中、男はゆっくりと立ち上がり、空を仰《あお》いだ。
白チーズのような満月が夜空に顔を覗《のぞ》かせている。
その仄《ほの》かな光が、煉瓦《れんが》作りの家々を、石畳《いしだたみ》の通りを静かに照らしている。
青ざめた月光の中、男は闇夜に浸《ひた》された街を音もなく走った。
生暖《なまあたた》かい春の風が男の正面から吹《ふ》きつけ、彼の纏《まと》ったマントをはためかせた。
(――なかなか美しい晩《ばん》だ)
寝静《ねしず》まった人々の息遣《いきづか》いを微《かす》かに感じながら、男は思った。
(殺し合いにも精《せい》がでる、というものか)
男の口元に歪《ゆが》んだ笑《え》みがこぼれた。

もし、見る者がいれば、寒々しい感想を抱《いだ》いたに違《ちが》いない。男の笑みは、何の感情も現《あらわ》さぬ虚《うつ》ろなものであったから。

と、男の走る足が止まった。

そして、眼前《がんぜん》に建つ大きな館《やかた》を凝視《ぎょうし》する。

それはこの街で一番、豊《ゆた》かだと言う宝石《ほうせき》商人の館だった。

遠方から運ばせたと思《おぼ》しき大理石造《づく》りの壮麗《そうれい》な館を見上げながら、男は確信《かくしん》していた。

やはり、ヤツはここに出入りしている。

並《なみ》の人間では決して感知することのない独特《どくとく》の臭《にお》い、——微《かす》かに漂《ただよ》う腐《くさ》り、饐《す》えたような異臭《いしゅう》が、その証拠《しょうこ》だ。

「仕事を始めるとするか」

ベルトに下げた得物《えもの》に手を触《ふ》れ、誰《だれ》にともなく、男は低く呟《つぶや》いた。

「申し訳《わけ》ございません、旦那《だんな》様！」

部屋に招《まね》き入れられるなり、小間使いの娘《むすめ》は泣き出しそうな顔で頭を下げた。

机《つくえ》の上に置かれた小さなランプの明りが娘の青ざめた顔を照らす。

どうやら、この娘は、自分がわざわざ夜中に呼ばれたのは、昼間の仕事の失敗を責《せ》められる為《ため》だと思っているようだ。

ベッドに腰《こし》を降《お》ろし、高価《こうか》な絹《きぬ》のガウンに脂肪《しぼう》のだぶつく身体《からだ》を包んだ初老の男は、——この館の主《あるじ》であり、街一番の富豪《ふごう》でもあるグルブは、俯《うつむ》き肩《かた》を小刻《こきざ》みに震《ふる》わせる娘の全身をなめるように、じっくりと眺《なが》め回した。

小さな顔と肩。ほっそりとした肉付きの腕《うで》と足。そして柔《やわ》らかそうな白いうなじ……。

なかなか、良さそうだ。

微かに漂う娘の甘《あま》い体臭に鼻孔《びこう》をひくつかせ、グルブは目を細めた。

前の下働きの少年も悪くはなかった。だが、成長期だったせいか、少々、固かった。

どうせなら、女の子のほうがいい。器量は、十人並《な》みと言った娘だが、まあ、贅沢《ぜいたく》は言うまい。

口の中に生唾《なまつば》が溜《た》まってくる。全身が熱くなるのを感じて、グルブは分厚《ぶあつ》い唇《くちびる》を舐《な》めた。

「割《わ》ってしまったお皿は必ず弁償《べんしょう》いたします」主人が黙《だま》っていることに不安を感じたのか、小間使いの娘が涙声《なみだごえ》で言った。

「どうか、暇《ひま》を出すことだけはお許《ゆる》しください。今、里に帰されたら……実家の父にどんな目に遭《あ》わされるか、わかりません」

両手を胸の前で合わせ、娘は哀願《あいがん》する。

「なんだ、そんな心配をしていたのか」

今すぐにでも娘《むすめ》に飛びかかって行きたい劣情《れつじょう》をどうにか押《お》さえ、グルブは穏《おだ》やかな声で言った。

「たかが皿の一枚《まい》や二枚。ワシのような金持ちがそんなことで騒《さわ》ぐものか。だから、お前もつまらんことで気を揉《も》むのはおよし」

「えっ、でも、……パーセルさんが」

驚《おどろ》いたような娘の言葉に、グルブは首を振《ふ》った。

「誰を雇《やと》うかは、執事長《しつじちょう》ではなくワシが決める。……お前を呼んだのは、ちょっとした頼《たの》み事があるからだ。まあ、話の前に、これをお食べ」

机の上に載《の》せられた陶器《とうき》の皿、——色とりどりの宝石のような砂糖菓子《さとうがし》が山のように盛《も》られた皿をグルブは指差した。

「お前は甘いものは嫌《きら》いかね?」

娘は目を丸くした。てっきり、叱《しか》りつけられ、館《やかた》から叩《たた》き出されると思っていたのだろう。しかし、主人は叱るどころか、貧《まず》しい村から出稼《でかせ》ぎに来た娘には年に一度も口にできないような贅沢な菓子を食べろ、と勧《すす》めてくれている。

困惑《こんわく》しながらも娘は、ゴクリ、と生唾を飲んだ。少し躊躇《ためら》った後、恐《おそ》る恐る皿に手を伸《の》ばす。

しかし、娘の手が菓子に触《ふ》れる直前、グルブは彼女の細い手首を激《はげ》しくつかんだ。

「ひっ⁉」息を飲んで、娘は身体《からだ》を強《こわ》ばらせる。

「旦那様、何を……」

「お前に、頼み、というのは」

尻込《しりご》みし、離《はな》れようとする娘の小柄《こがら》な身体を、強引《ごういん》に引き寄《よ》せながらグルブは言った。

「ワシの健康の悩《なや》みについてだ。ぜひ、力になってほしい」

「……だ、旦那様の健康？」

娘は震《ふる》える声で問い返す。得体の知れぬ不安に潤《うる》んだ娘の瞳《ひとみ》は、罠《わな》にかかったウサギのそれをグルブに連想させた。

「ワシはこう見えても生まれつき心臓《しんぞう》が悪くてな。年をとってからは更《さら》に悪くなった。金に物をいわせて、いろいろな薬を飲んではみたが一向によくはならん。……だが、ある御《お》方《かた》と取り引きをした」

優《やさ》しく囁《ささや》きながら、グルブは娘の首筋《くびすじ》をゆっくりと片手《かたて》で撫《な》でる。

泣き声をあげ、娘はグルブの手から顔を背け、逃《のが》れようと身をよじらせた。だが、娘の身体は、床にすいつけられたかのようにその場を離れることはできなかった。

「おかげで随分《ずいぶん》と丈夫《じょうぶ》な身体を手に入れることができた。だが、体質《たいしつ》が変わってしまった」

「旦那様……？」

相変わらず震え続ける娘《むすめ》に、グルブはニッコリと微笑《ほほえ》む。

と、同時に全身の骨《ほね》が悲鳴をあげ、おぞましい変化を始める。

自分の頭部がゆっくりと後ろに盛《も》り上がり、歪《いびつ》な形に変わってゆくのをグルブは感じた。

ビリビリと音をたててガウンが破《やぶ》れ、その中から、おぞましく膨《ふく》れ上がった肉体が盛り上がってくる。

もともと大きな鼻孔《びこう》が何倍にも膨れ上がり、鼻が顎骨《あごぼね》と一緒《いっしょ》に、前に長く伸《の》びる。年老いた脆弱《ぜいじゃく》な歯が、ポロポロと抜《ぬ》け落ち、かわりに剃刀《かみそり》の様な牙《きば》が、歯茎《はぐき》から血を溢《あふ》れさせながら生え揃《そろ》う。続いて、膨れ上がった身体を針金《はりがね》のような剛毛《ごうもう》が覆《おお》い包んだ。

「健康を維持《いじ》するには、若《わか》い女や子供《こども》の血肉が欠かせぬようになってしもうた」

だらり、と長い舌《した》を出しながらグルブは言った。

見開かれた娘の瞳には、もはや、恐怖《きょうふ》は浮《う》かんでいなかった。熱に浮かされ、幻《まぼろし》にとり憑《つ》かれた者のように娘は、小首を傾《かし》げた。

グルブは娘に向かって、房《ふさ》のついた尾《お》を得意気に振《ふ》ってみせる。

「……なあに、そう悪い話でもなかろう。今のワシはどんな病《やまい》にも殺されることはない。

お前がワシの一部になれば、つまり、永遠《えいえん》に生きることと同じよ」

ぐふふ、とグルブは豚《ぶた》によく似《に》た声で笑った。

力なく娘はその場に膝《ひざ》を落とした。そして、惚《ほう》けたように口を開いたまま、グルブをぼんやりと見上げている。

全く抵抗《ていこう》されないというのも物足りないものだな。

頭を天井《てんじょう》にぶつけないように注意しながら、館中《やかたじゅう》を走り回ったものだ。

先月、この姿《すがた》を見せてやった少年は泣きわめき、グルブは娘を見下ろしそう思った。

お遊びが大好きなグルブは、グヘグへと笑いながら少年を追い回した。もっとも、最期《さいご》、その少年は発狂《はっきょう》し、大声で笑いながら、足の先から噛《か》み砕《くだ》かれて死んでいったが。

「まあ、いい」

顎から流れ落ちる黄色いヨダレを、獣《けもの》のように変化し、鉤爪《かぎづめ》の生えた手でぬぐう。

「お前はとてもいい子だ。だから、苦しまぬよう優《やさ》しく食ってやろう」

グルブは喉《のど》の奥《おく》で笑い声を忍《しの》ばせながら、生気の失われた瞳《ひとみ》を宙《ちゅう》に漂《ただよ》わせる娘に一歩、歩み寄った。

そして、娘の顔を握《にぎ》り潰《つぶ》そうと、剛毛に覆われた手を伸ばした時――

異様《いよう》な鬼気《きき》がグルブを、背後《はいご》からうちすえた。

ぐるぐると唸《うな》り、ヨダレを飛び散らせながら、グルブは振り返った。

ゆらり、と部屋の戸口の前に影《かげ》が動いた。それは、どんな夜の闇《やみ》よりも濃《こ》い漆黒《しっこく》の塊《かたまり》であった。

「……随分《ずいぶん》と勝手な言い草だな」

静かな、そして低い男の声が言った。

ぎくり、とグルブの巨体《きょたい》が強《こわ》ばる。獣《けだもの》に変わった館の主《あるじ》は、先程《さきほど》、自分自身が娘にそうさせたように、猛禽《もうきん》に睨《にら》まれた野鼠《のねずみ》になったような恐怖《きょうふ》を覚えた。

「もっとも、『叫《さけ》ぶ者』とはそういう存在なのだろうがな」

その言葉が終わらぬうちに、――影は、鋭《するど》く輝《かがや》く棒状《ぼうじょう》の物を、グルブに投げ放った。

それは、グルブの剛毛《ごうもう》に覆《おお》われた膝《ひざ》に深々と突《つ》き刺《さ》さり、どす黒い血を滝《たき》のように噴《ふ》き出させていた。

膝から、焼けつくような激痛《げきつう》が、グルブの全身をかけ巡《めぐ》る。

「な、……何だ、これは」

激《はげ》しく混乱《こんらん》しながら、グルブはうめいた。

何だ、この痛《いた》みは？　なぜ、ワシが苦痛など感じるのだ？

ワシは不死身の身体《からだ》を手に入れたはずだ。

あの時、あの御方《おかた》はこういって下さった。

お前はたとえ、獅子《しし》の牙《きば》にかかろうとも傷《きず》一つ負うことはないだろう、と。

なのに、なぜ？

ドクドクと血が流れて……、目眩《めまい》がする。話が違うではないか。

グルブは膝に突き刺さった物を抜《ぬ》こうと手を伸《の》ばしかけた。しかし、その掌《てのひら》に焼け付くような痛みを覚え、慌《あわ》てて手を放す。

グルブの膝に突き刺さっていたのは、一本のステッキだった。

その大人の腕程《うでほど》の長さのステッキの柄頭《えがしら》には、擬人化《ぎじんか》され、ニンマリと笑《え》みを浮《う》かべた太陽が彫刻《ちょうこく》されていた。

太陽の彫刻は、月光を浴び、青白い輝きを放っていた。

銀だ。グルブは自分に傷を負わせた武器《ぶき》の材質《ざいしつ》に気がついた。

それはこの世で唯一《ゆいいつ》、グルブを傷つけることのできる物質だった。そしてその秘密《ひみつ》を知るものは、この世でたった一人しかいないはずだ。

まさか、こいつは……。

グルブは全身から血の気が引くのを覚えた。グルブはある名前を思い出していた。

それは、グルブのように人であることを捨《す》てたものの間で囁《ささや》かれる恐《おそ》ろしい名前だった。

闇《やみ》から闇へと渡《わた》り歩く、黒衣の殺戮者《さつりくしゃ》。

その名は……。

「く、来るな！　あっちにいけ！」

グルブは耳元まで裂《さ》けた大きな口から、泡《あわ》を飛ばしながら喚《わめ》いた。

が、その叫《さけ》びも空《むな》しく、それは音もなく、するすると近寄《ちかよ》ってくる。

「……大声を出すな」

うんざりしたように黒衣の人物が言った。

「二、三、質問したいことがある」

しかし、グルブは黒衣の問いかけなど聞いてはいなかった。

間も無く訪《おとず》れる消滅《しょうめつ》の予感に怯《おび》え、哀《あわ》れみを誘《さそ》うような咆哮《ほうこう》をあげながら、丸太のように太い腕を闇雲に振《ふ》り回す。

「まずは……ステッキを返してもらおうか」

断《ことわ》ってから、素早《すばや》くグルブに近寄り、膝《ひざ》に突《つ》き刺《さ》さったステッキを引き抜《ぬ》く。その耐《た》え難《がた》い苦痛にグルブは下品な喚き声をあげた。

「騒《さわ》ぐな！」

一喝《いっかつ》し、黒衣はステッキの柄《え》で、ジタバタともがく獲物《えもの》の鼻面《はなづら》を力一杯《いっぱい》殴《なぐ》りつけた。

グルブは、鼻汁《はなじる》と血の混じったものを吹《ふ》き散らしながら、どうっ、と仰向《あおむ》けに倒《たお》れた。飛び散った汚《きたな》らしい物が黒衣の足下《あしもと》を汚《よご》した。

「……不様、だな」

鼻骨《びこつ》を砕《くだ》かれ、悶絶《もんぜつ》するグルブに黒衣は冷淡《れいたん》に吐《は》き捨てた。

そして、ベッドの傍《かたわ》らで小さくうずくまる小間使いの娘《むすめ》に視線《しせん》を移《うつ》した。

娘の傍らに膝をつき、男は彼女の細い肩《かた》を優《やさ》しく抱《だ》きしめた。

「……もう、何も心配ない」男は、娘の耳元で静かにささやいた。

熱に浮《う》かされたようにぼんやりした目つきで娘は男の声を聞いていた。

「今夜、君が目にしたものは全《すべ》て夢《ゆめ》だ。朝が来れば全て消える。……だから、もう自分の部屋に帰ってゆっくり休みたまえ」

小さくうなずくと娘は、夢の中のような足取りで、部屋から立ち去っていった。その後ろ姿《すがた》を見送り、男はゆっくりと立ち上がった。

「……哀《あわ》れな『叫ぶ者』よ」

恐怖《きょうふ》と苦痛のあまり、身動き一つとれないグルブに向かって男は淡々《たんたん》と告げた。

「苦しまずに逝《ゆ》きたいのなら、素直《すなお》に答えるんだ」

肩に掛《か》けられたステッキの柄から血がしたたり落ち、床《ゆか》で跳《は》ねた。

「マクバはどこにいる？」

2

酒場は嫌《きら》い。

特に場末の騒《さわ》がしい安酒場は。

春の妖精《ようせい》を思わせる桃色《ももいろ》の華《はな》やかな衣装《いしょう》に小柄《こがら》な身を包んだ少女は、酒の臭気《しゅうき》と雲のようにたちこめるタバコの煙《けむり》に目眩《めまい》を覚えた。

肩まで伸《の》びたたっぷりとした髪《かみ》は、明るい松明《たいまつ》のような赤毛だった。店中にたちこめる酒気に負けたのか、あどけない小さな顔は、紅《あか》く染《そ》まっている。

眠気《ねむけ》が覚め切らず、足下《あしもと》がおぼつかない気がして、少女は大きな栗色の瞳《ひとみ》を、ぱちぱちとしばたかせた。

さっさっ、と終わらせちゃおう、こんな茶番。

自分に言い聞かせ、ひんやりした手触《てざわ》りのナイフ、——投げ専用《せんよう》の極細《ごくぼそ》のナイフを握《にぎ》り直す。

「無理すんなって。やめときなよ」

「そうそう、お嬢《じょう》ちゃんには無理だってーの」

「ああ。間違《まちが》って刃物《はもの》を可愛《かわい》いアンヨの上にでも落としちまったら大変だぜ？」

後ろで座《すわ》っている酔《よ》っ払《ぱら》い達が、呂律《ろれつ》の回らなくなった口調で好き勝手なことを話している。

彼らの馬鹿《ばか》にしきった物言いに、少女の頬《ほお》が僅《わず》かに引きつった。

こっちはこれでも、五つの頃《ころ》から八年間、ナイフ投げで飯を食ってるんだ。あんたらのダーツ遊びと一緒《いっしょ》にすんな。

内心、少女は激しく毒突《どくづ》いていたが、職業柄《しょくぎょうがら》、観客である酔っ払い達にその胸《むね》の内を悟《さと》らせるようなことはしない。

「どうか、皆様《みなさま》。お静かに」観衆《かんしゅう》に振《ふ》り返り、大げさな仕種《しぐさ》で両手を広げてみせる。

「そのように囃《はや》し立てられては小心な芸人は縮《ちぢ》み上がってしまいます」

おどけた口上を述《の》べながらも、愛らしい顔に花のような明るい笑《え》みを浮《う》かべることも忘《わす》れない。

芸人は笑顔が基本《きほん》。それが彼女が所属《しょぞく》している旅芸人の一座《いちざ》の座長であり、少女の育ての親でもあるジョパンニの口癖《くちぐせ》だ。

そう。芸人はどんな時でも笑顔を忘れちゃ駄目《だめ》だ。

少女は自分にそう言い聞かせる。

たとえ、昼間の疲《つか》れから幌《ほろ》馬《ば》車《しゃ》の中で熟睡《じゅくすい》しているところを、へべれけに酔《よ》っ払《ぱら》った仲間に叩《たた》き起こされ、嫌《いや》だと言っているのに無理矢理酒場に引き摺《ず》りこまれ、むかついたところで地元の酔っ払いに絡《から》まれ、予定外の仕事を、しかも大して金にならない仕事をする羽目になったとしても、だ。

「さあ、遠慮《えんりょ》するな、リリス！」

店の壁《かべ》にぴったりと背中《せなか》を添《そ》わせ、頭の上にリンゴを一つ載《の》せた若者《わかもの》が、大声で少女の名を叫《さけ》んだ。ボサボサの前髪《まえがみ》を垂《た》らし、痩《や》せた狼《おおかみ》のような印象を与《あた》える目つきの若者が、泥酔《でいすい》しているのは一目瞭然《りょうぜん》だった。

「ここのアホどもにお前の磨《みが》き上げた技《わざ》を見せてやるのだああ！　さあ、ナイフを投げつけてくれ！　この俺《おれ》、この俺めがけて！」

アホはあんただろ、アブン。

一座の用心棒が、一番にへべれけになってどうすんだ。

リリスは、自分をこの酒場に連れ込んだ張本人《ちょうほんにん》を哀《あわ》れむべきか、軽蔑《けいべつ》するべきか、怒《いか》りをぶつけるべきかと悩《なや》んだ。

この酔っ払いは、今日、座長から支《し》払《はら》われた給金の大半をここの安酒に費《つい》やしてしまったようだ。そして、翌朝《よくあさ》になれば、神妙《しんみょう》な顔で仲間達から金を少しずつ借りて歩くのだろう。リリス自身、彼には銅貨《どうか》五枚《まい》の貸《か》しがある。

毎度のことながら懲《こ》りない男だ。

そう思うと彼の間抜《まぬ》け面《づら》が必要以上に腹立《はらだ》たしいものに思えてくる。

一度、アブン自身にナイフを当ててやろうかな……。

脳裏《のうり》に浮《う》かんだ物騒《ぶっそう》な考えをすみに追いやり、リリスは静かにナイフを構《かま》えた。

騒《さわ》がしかった店が、一瞬《いっしゅん》、静まり返る。

静かに目を閉《と》ざしながらリリスは、大きく息を吸《す》い込《こ》む。

少しの間が流れ、リリスの澄《す》んだ瞳《ひとみ》が大きく見開かれた。

同時に少女の両手が凄《すさ》まじい速さで前に伸《の》びる。

しゅっ、という空を裂《さ》く音が発せられた次の瞬間、アブンの頭に載せられていたリンゴにはナイフが三本、突《つ》き刺《さ》さっていた。

おおっ、と観衆達から感嘆《かんたん》の声が漏《も》れる。

「見ろ、この正確《せいかく》さ！」リンゴを手に取り、アブンが吠《ほ》えた。

「三本、奇麗《きれい》に並《なら》んで刺さっていやがる！　こんな芸当ができるヤツがこの中にいるか！」

怒鳴《どな》りながら、アブンは近くにいた客の頬《ほお》を力強く張り飛ばそうとする。

慌《あわ》てた芸人仲間が取り押《お》さえなければ、本物の喧嘩《けんか》に発展《はってん》するところだ。

取り押さえられて、なお、わめき続けるアブンに酔っ払い達は不快《ふかい》そうに顔をしかめたが、とりあえずパチパチと拍手《はくしゅ》を送ってくる。

「ありがとうございます、みなさん」リリスも精一杯《せいいっぱい》、愛想《あいそ》の良い声で彼らに応《こた》えた。

「ナイフ娘《むすめ》は疲《つか》れはてました。今宵《こよい》はどうかこれでご勘弁《かんべん》を」

飛び切りの笑顔《えがお》を浮かべながら、リリスは胸の中で舌打《したう》ちする。

アブンの馬鹿《ばか》、覚えてろよ。明日、あたしが寝不足《ねぶそく》で倒《たお》れたらアンタのせいだ。

数時間後——。

酒場に集まっていた客は、一人、また一人と減《へ》り、残ったのはリリスを含《ふく》むジョパンニ一座の芸人達だけだった。

結局、目が冴《さ》えてしまい、馬車に戻《もど》っても眠《ねむ》れそうにないと悟《さと》ったリリスは、カウンターでちびちび飲んでいた座長の横に腰《こし》を落ち着けていた。

「あー、もう、たまんないよ」

もはや、リリスには不機嫌《ふきげん》さを隠《かく》す気はなかった。頭をクシャクシャと苛立《いらだ》ち紛《まぎ》れにかく。

「教えてよ、座長。なんで、あたしがあの馬鹿のお遊びに付き合わなきゃいけないのさ」

あの馬鹿、というのは無論《むろん》、アブンの事である。

地元の客が帰ってしまったので、今度は弟分のライリーに絡《から》み、何やら偉《えら》そうに説教している。

「まあ、そう言うな」

ひくっ、としゃっくりを一つして、ジョパンニは微笑《ほほえ》んだ。

チョビ髭《ひげ》を生やした丸く穏和《おんわ》な顔を酒気に赤く染《そ》め、酒樽《さかだる》のように膨《ふく》らんだ腹をさすりながら彼は続けた。

「アブンはああ見えても悪い奴《やつ》じゃない。あいつに悪気はないんだ」

この野郎《やろう》、てめえ、それでもジョパンニ一座の用心棒か、と泣き笑いしながらライリーの頬《ほお》を張り飛ばすアブンを、とろんとした横目で見ながらジョパンニは付け加えた。

「……多分、な」

「冗談《じょうだん》じゃないよ。悪気なしで寝不足にされちゃたまったもんじゃない」

リリスは口を尖《とが》らせた。

「アブンが二日酔《ふつかよ》いで苦しむのは勝手だけどさ。……明日は早く、ここを立つんだろ？」

「ああ、そのつもりだ。……次に興行《こうぎょう》をうつ場所も決めてある」

「ふうん。……どこ？」

「ええっと」生あくびをかみ殺し、懐《ふところ》をまさぐりながらジョパンニは言った。

「この町の西側に、森が広がっているのを覚えてるか？」

「うん。……昼間、チコリ婆《ばあ》さんが出稼《でかせ》ぎの樵《きこり》から薪《まき》を買ってたね」

「森の向こうに、いや、あの森の中に村があるらしい。ほら、ここだ」

言いながらジョパンニは、テーブルの上に地図を広げ赤い印を指で指す。

最近、字の読み書きを覚えはじめたリリスは、その地図に書かれた文字を声に出して読んでみた。

「……『翠玉《すいぎょく》が丘《おか》』？　ここからどれくらいかかるの？」

「途中《とちゅう》までは街道《かいどう》もあるみたいだから……まあ、半日、ってところかな」

言ってからジョパンニは大あくびをした。そして、そのままカウンターに突《つ》っ伏《ぷ》し豪快《ごうかい》ないびきをかき始める。

「あーあ、もう。座長、風邪《かぜ》ひくよぉー？」

ため息混《ま》じりにリリスがジョパンニをつっこうとしたとき、店のドアに取り付けられていた鈴《すず》が鳴った。

どうやら、また客が来たらしい。

今から飲みはじめるヤツもいるんだ……。

そう思いながらリリスは何気なく、入り口に目を向けた。

そして、悲鳴を上げそうになった口をどうにか手で押《お》さえる。

店の戸口には、一羽の鳥が佇《たたず》んでいた。

鋭《するど》く伸《の》びた嘴《くちばし》が、店の灯《あかり》を反射《はんしゃ》して鈍《にぶ》く輝《かがや》いている。

細い長身を包む翼《つばさ》は、どろりとした闇《やみ》の色《いろ》に彩られていた。

その翼の下からは、シルクハットを被《かぶ》った燕尾服姿《えんびふくすがた》の木偶人形《でくにんぎょう》が、さほど大切でもなさそうにぶら下げられている。

それは鴉《からす》だった。それも人間の大人ほどもある大きな鴉……。

リリスは、鴉が店に足を踏《ふ》み入れるのを見て、背筋《せすじ》が凍《こお》るのを感じた。

鴉はそんなことにはお構《かま》いなく、ゆっくりとした歩調でカウンターまでやってくると、身動き一つ出来ないリリスの横に腰《こし》を下ろした。

そして、カウンターの上に乱暴《らんぼう》に人形を投げだし、「一杯《ぱい》、頼《たの》む」と短く言葉を発した。

それっきり、鴉は黙《だま》り込み、店の奥《おく》を凝視《ぎょうし》したまま微動《びどう》だにしなかった。

妙《みょう》な沈黙《ちんもく》が流れ、リリスは音を立てぬようそっと隣《となり》に目を向けた。

そこでリリスは、大きな羽根と思えたものが、高襟《たかえり》の大きなマントだということに初めて気がついた。

リリスは自分の早とちりを内心恥《は》じた。鴉が、夜の酒場に酒を飲みに来るわけがないじゃないか。この人は、ただ、鴉の仮装《かそう》をしているだけだ。

鴉の頭のように思えたそれは、精巧《せいこう》な作りの仮面《かめん》だった。何を素材《そざい》に拵《こしら》えられたのか、リリスには思い浮《う》かびもしなかったが、その細かい造形からは職人の並々《なみなみ》ならない技術《ぎじゅつ》を感じさせた。

仮面は、男の顔のほとんどを覆《おお》い隠《かく》していたが、嘴の下には明らかに人間のものである口元が曝《さら》されていた。そこから見える男の肌《はだ》は死者のように青ざめていたが、唇《くちびる》はふっくらとした美しい形をしている。

同業者かな、鼓動《こどう》が早まるのを感じつつリリスは思った。ただ、道化師《どうけし》の衣装《いしょう》としては無気味すぎる気もしたが。

「……おい、ネエちゃんよお」

不意に甲高《かんだか》い声が、鴉男とリリスの間から聞こえた。

「なに見てんだ？　何か文句《もんく》でもあるのかよ？」

声の主に気がつき、リリスは思わず身を強《こわ》ばらせた。

「えっ？　この人形が喋《しゃべ》ってるの……？」

「おい！　俺様を『人形』って呼《よ》ぶな！　不愉快《ふゆかい》だぜ！」

カウンターにだらしなく手足を広げて横たわる木偶人形《でくにんぎょう》がはめ込み式の大きな目玉をグルグルと回し、甲高い声で憤慨《ふんがい》の念をあらわにした。

切れ目の入った木製《もくせい》の下顎《したあご》が、言葉を紡《つむ》ぎ出す度《たび》にカタカタと音を立てた。

「俺様にはな、立派《りっぱ》な名前があらあ。今はこんなナリだがな、若《わか》い頃《ころ》は『人買いオルタン』といや、故郷《ふるさと》じゃあ泣く子も黙《だま》る大悪党《あくとう》……」

呆気《あっけ》にとられてリリスは、ペラペラと喋り続ける人形をただ見つめていた。

一体、どういう仕《し》掛《か》けで喋っているのだろうか？

恐《おそ》る恐る持ち主であろう鴉男《からすおとこ》に視線《しせん》を移《うつ》すが、彼がリリスをからかっている様子はない。

鴉男は人形を操《あやつ》るどころか、触《ふ》れてさえいなかった。

「……黙《だま》れ、オルタン」

店の奥《おく》に向いたまま、鴉男が疲《つか》れた声で木偶人形に命じた。

「不用心に口をひらくな。……余計《よけい》な問題をまた引き起こす気か？」

「うるせえ、俺様に指図するな」

目玉をぐるぐる回して人形が応《おう》じた。

「この小娘《こむすめ》が無遠慮《ぶえんりょ》にジロジロ見てきやがったから、教育してやっただけ……」

しつこく食い下がる人形の頭を、無言のまま鴉男が手刀で一打ちした。ぐう、と奇妙《きみよう》な呻《うめ》き声を上げて、人形は喋るのをやめた。

「……済《す》まない」

相変わらず、向こうを向いたまま、無感動な声で鴉男が言った。

「この喋るガラクタの柄《がら》の悪さには私も辟易《へきえき》している。……許《ゆる》してくれ」

「は、はあ……」

無視する訳《わけ》にもいかず、リリスは、ぎこちない笑《え》みを浮《う》かべて頷《うなず》いた。

いつでも逃《に》げ出せるよう、腰《こし》を半分浮かしながら。

「おい。おい、おい、おい！」

背後《はいご》から不機嫌《ふきげん》な声がした。

「そこの、お前。何、ウチのお嬢様《じようさま》に声かけてやがんだ、こら」

案の定、声の主はアブンだった。

「子供《こども》相手になにする気だ。いやらしい」

この馬鹿《ばか》。あっち、いけ。リリスは目で合図したが、彼はまったく気がつかない。

空《から》になった酒瓶《さかびん》を片手《かたて》にぶら下げ、千鳥足になりながらも、鴉男を睨《にら》み付ける。

「……誤解《ごかい》だ」やはり振《ふ》り向きもせず、鴉男はどうでも良さそうな口調で返した。

「こちらの娘《むすめ》さんには連れの無礼を詫《わ》びただけだ。下衆《げす》な言いがかりはやめてくれ」

「下衆？　俺《おれ》が下衆だってのか？」

アブンが目を向いて怒鳴《どな》った。

「俺が下衆なら、てめえは何だよ？　妙チクリンなナリしやがって」

相手に出来ぬ、というように、鴉男はそっぽを向いたまま押《お》し黙《だま》った。

そこに鴉男の注文した酒が運ばれてくる。しかし、鴉男がそれに手をのばすよりも早く、アブンはそれを奪《うば》い取った。そして、鴉男の横顔に中身を浴びせかけた。

「おい、何とか言えよ、この鴉野郎《やろう》」

いい加減《かげん》にしな、そう言ってリリスは立ち上がろうとした。

と、鴉男の掌《てのひら》に、銀色に輝《かがや》くステッキが現《あらわ》れた。

どこから取り出したのか、という疑問《ぎもん》をリリスが抱《いだ》く前に、鴉男はそのステッキの先をアブンのつま先に突《つ》き立てていた。

うぎゃあ、という情《なさ》けない悲鳴がアブンの喉《のど》からほとばしった。続いて、前屈《まえかが》みになった彼の顔を、鴉男の黒い手袋《てぶくろ》をはめた手が掴《つか》んだ。

「……今、何と呼《よ》んだ？」

アブンの顔を片手で締《し》め上げながら、鴉男は、囁《ささや》くような、そしてぞっとするような冷たい声で言った。鴉男の指がこめかみにめりこみ、アブンは身をよじらせた。

「……覚えておけ。私の名はヴァロフェスだ」

顔を摑まれたアブンの足先が床《ゆか》から離《はな》れた。アブンの顔は真赤に変色し、頬《ほお》には血管が浮《う》き出ている。が、それでも鴉男は、彼を解放《かいほう》しようとしない。

「ちょっと、待って！」

慌《あわ》ててリリスは席を立った。

「そりゃ、アブンの馬鹿《ばか》が一方的に悪いんだけど……。そこまでしなくてもいいだろ？」

言いながら、アブンを吊《つ》るし上げる鴉男の腕《うで》に取りすがる。その腕は思いのほかに逞《たくま》しく、リリスの力では微動《びどう》だにしない。

「頼《たの》むから、勘弁《かんべん》してやってよ！」焦《あせ》りを覚えながらリリスは叫《さけ》んだ。

「死んじゃうったら！」

と、鴉男の動きが止まった。そして、初めてリリスと顔をまともに向き合わせる。

リリスは仮面《かめん》の目穴《めあな》の奥《おく》に輝く青い瞳《ひとみ》が、驚《おどろ》きに見開かれるのを見た。

「……イルマ？」

鴉男の唇《くちびる》から、震《ふる》えるような言葉が発せられた。アブンを摑んでいた手から力が抜《ぬ》け、酔《よ》いどれの用心棒《ようじんぼう》は床に投げ出された。

発するべき言葉が思い浮かばず、リリスは仮面の男《ヴァロフェス》を無言で見返す。

「……乱暴《らんぼう》して申し訳《わけ》ない」

わずかな間を置き、鴉男が言った。その声からは、氷のような殺気は消え失《う》せていた。

物憂《ものう》げに、カウンターの上に銅貨《どうか》を投げ出し、沈黙《ちんもく》したままの木偶人形《でくにんぎょう》の首を摑む。

「少々、苛立《いらだ》っていた。許してくれ」

長いマントを翻《ひるがえ》し、そのまま店から出て行く。リリスは、鴉男が、――ヴァロフェスが去るのを声もなく見送った。

「……ちくしょう、なんて馬鹿力《ばかぢから》だ」頭を振《ふ》りながら、アブンがカウンター席によじ登る。

「頭、潰《つぶ》されるかと思ったぜ。……おい、オヤジ。酒、持ってこい！」

と、再《ふたた》び扉《とびら》が開かれ、この町の警邏兵《けいらへい》と思《おぼ》しき男が店の中に入ってきた。

「先程《さきほど》、殺しがあった」店の中を睨《にら》みながら兵士は言った。

「グルブ氏が館《やかた》で賊《ぞく》に撲殺《ぼくさつ》された。……この店に怪《あや》しい者は出入りしていないか？」

第二話　森

1

森は冷たく澄《す》んだ空気に満たされていた。

寒気を覚え、リリスは粗末《そまつ》な麻《あさ》のドレスの上から、ショールを羽織《はお》り直した。

「ねえ、アブン。あんたって、さあ……」手頃《てごろ》な平石に腰《こし》を降《お》ろしながら、リリスはひどく不機嫌《ふきげん》な声で一座《いちざ》の用心棒に声をかけた。

「なんでこんな風に厄介事《やっかいごと》を引き起こすのが上手《うま》いの？」

「迷《まよ》ったのは俺《おれ》のせいじゃねえよ」

少女を、――いや、芸人仲間全員をクタクタにさせた当の本人が、馬車の荷台から大鍋《おおなべ》を運び出しながら反論《はんろん》した。

「俺はあの地図通りの道を進んだんだぜ？　きっと地図を書いた奴《やつ》が間違《まちが》えたのさ」

よく言うよ、と鼻を鳴らし、リリスは暗くなり始めた周りの様子に注意を向けた。

巨人《きょじん》のような大樹《たいじゅ》の群《む》れが野宿の準備《じゅんび》を急ぐ芸人達を取り囲み、見下ろしていた。太く頑丈《がんじょう》そうな枝《えだ》には、青々とした葉が茂《しげ》り、ガサガサと擦《こす》れあっている。

夕暮《ゆうぐ》れ時の木漏《こも》れ日が、二台並《なら》べて止めてある一座の幌馬車《ほろばしゃ》や、その傍《かたわ》らに流れる小川を鮮《あざ》やかな赤で塗《ぬ》りつぶしていた。

川の流れは緩《ゆる》やかであったが、下流まではまだ距離《きょり》がある様子だった。

一座は森のど真中にいた。そして、人が現《あらわ》れそうな気配はない。

予定ならば、昼過《ひるす》ぎには、次の目的地の村に到着《とうちゃく》していたはずだったのに……。

一日中、馬車に揺《ゆ》られた身体《からだ》が軋《きし》むように痛《いた》い。顔をしかめながら、リリスは傍らに置いた籠《かご》から野菜を取り出し皮を剝《む》き始めた。

「……ンだよ。シラケるのはよせよ」

気まずそうに口を尖《とが》らせるアブンに、リリスは深いため息をついた。

「出会った時からそうだったけど……あんたって口ばっかり達者だよね。何が『森は元・盗賊《とうぞく》の俺《おれ》に任《まか》せろ』だよ」

「おいおい、リリス。今更《いまさら》、何、言ってんだ。こいつは口先だけで生きてる男だぜ」

焚火《たきび》に薪《まき》を焼《く》べながら筋骨逞《きんこつたくま》しい上半身を露《あらわ》にした『怪力男《かいりきおとこ》』、グレコーが口を挟《はさ》んだ。

浅黒く日焼けし、頭髪《とうはつ》を奇麗《きれい》に剃《そ》り上げた巨漢は、薪《まき》を数本、無造作《むぞうさ》にへし折る。

「で、いつも俺達にしわ寄《よ》せが来るんだ」

言いながらグレコーは、小さく折れた木片《もくへん》を手に取り、むくれ顔のアブンに投げつけた。

木片は狙《ねら》い違《たが》わず、アブンの額《ひたい》に命中していた。

「イテえな！」思わぬ急襲《きゅうしゅう》にアブンが声を荒《あら》らげる。

「人が二日酔《ふつかよ》いで頭がクラクラしてる時に……何しやがるんだ！」

「へっ、そりゃ自業自得《じごうじとく》でしょうが」

リリスの真向かいに腰《こし》を降《お》ろしていた小柄《こがら》な『火吹《ひふ》き男』、ザブが鼻を鳴らした。

「大体、おめえさんは年中、二日酔いじゃねえですかい」

ザブの猿《さる》のような醜《みにく》い顔には、嫌味《いやみ》たっぷりな笑《え》みが浮《う》かんでいた。

「お前ら、随分《ずいぶん》と言ってくれるじゃねえか」

仲間の容赦《ようしゃ》のない言葉にアブンが歯がみする。

「俺とライリーにずっと御者《ぎょしゃ》をやらせて、てめえらはずっと休んでたくせに！」

「何だぁ？　開き直る気か？」

「悪りぃこた言わねえよ。グレコーさんに素直《すなお》に謝《あやま》りなせえ」

「うるせえ！　文句《もんく》あるなら拳《こぶし》で来い！」

上等だ、とグレコーが立ち上がる。にやにやと意地の悪い笑みを浮かべ、ザブもそれに続く。一方、アブンも負けまいと胸《むね》を張って、二人を睨《にら》み返した。

「良くないっスよ、兄貴《あにき》。……一言ぐらい謝らなきゃ」

少年じみた顔にそばかすの跡《あと》がまだ残るライリーが、オロオロとアブンに忠告《ちゅうこく》する。しかし、当のアブンには全く聞こえていない様子だ。

全く、落ち着いて夕食の準備《じゅんび》もできやしない。

小突《こづ》き合い、罵《ののし》り合う男達を遠目に見ながら、リリスは疲《つか》れきったため息を吐《つ》いた。

そう言えば、と芋《いも》の皮を剝《む》く手を止める。

あの後、あの人はどうしただろう？

喋《しゃべ》る木偶人形《でくにんぎょう》を携《たずさ》え、夜の酒場に現《あらわ》れた黒ずくめの異様《いよう》な衣装《いしょう》の男。

鴉《からす》の仮面《かめん》を被《かぶ》った男——確《たし》か、アブンにヴァロフェスと名乗っていた。

喧嘩《けんか》に負けた腹《はら》いせに、アブンが街の金持ちを殺した賊《ぞく》はあの野郎《やろう》に違《ちが》いねえ、と警邏《けいら》兵《へい》に訴《うった》えていたが、捕《つか》まったのだろうか？

と、馬車の中から、一座《いちざ》の長であるジョパンニが降《お》りてきた。心なしか青ざめた顔で周囲をキョロキョロと見回す。

「あ、座長！　聞いてくださいよぉ！」

組みついていたグレコーとザブを突《つ》き放し、アブンが苛《いじ》められっ子のような哀《あわ》れみを誘《さそ》う口調で言った。

「こいつら、俺に因縁《いんねん》つけてきやがるんです。何とか言って下さいや。鬱陶《うっとう》しくてたまらねえ！」

「そりゃ、こっちの台詞《せりふ》だ！」

グレコーが油を注がれた火のように激昂《げっこう》する。

「大体、てめえが悪いんだろうが！」

「何だと？　人が大人しく頭を下げてりゃ調子に乗りやがって！」

「下げてねえでしょうが」とザブ。

「悪いが後にしてくれんか」

尚《なお》も言い争おうとする男達をジョパンニが制《せい》した。

普段《ふだん》なら穏《おだ》やかに自分たちの喧嘩を仲裁《ちゅうさい》する座長の珍《めずら》しく苛立《いらだ》ちを感じさせる声に、三人の動きが止まった。

「どうしたの、座長？」

胸騒《むなさわ》ぎを覚え、リリスは尋《たず》ねた。

「ああ、リリス。お前、タック、見なかったか？」

落ち着きなく周囲を見回しながら、ジョパンニが尋ねた。

タックとは一座の洗濯役《せんたくやく》、チコリ婆《ばあ》さんの孫で、今年、六歳《さい》になる男の子だ。赤《あか》ん坊《ぼう》の頃《ころ》から実の弟のように可愛《かわい》がってきたリリスに、よく懐《なつ》いている。

「えっ？　今日は……ずっとチコリ婆さんと馬車で寝《ね》てたんじゃないの？」

「それがいないんだ」

青ざめた顔でジョパンニが答えた。

「婆さんも、今気がついたらしいんだが……」

と、森のどこかで鳥の羽ばたく音が聞こえた。

続いて、聞く者を陰鬱《いんうつ》にさせるような獣《けもの》の遠吠《とおぼ》え。

「……ったく、面倒臭《めんどうくせ》ェな」

暫《しばら》くの間を置いて、アブンが舌打《したう》ちし、尊大《そんだい》に弟分に命じた。

「おい、ライリー。馬車から俺の槍《やり》を持ってこい。アホ餓鬼《がき》を捜《さが》しに行くぞ」

2

夜は速《すみ》やかに、森を闇《やみ》に染《そ》め上げていった。

四方の木々からは、得体の知れない野鳥の鳴き声が絶《た》えず聞こえてくる。

腐《くさ》りかけた落ち葉の敷《し》きつめられた地面の上を何かすばしっこいモノが行《い》き交《か》い、草叢《くさむら》の中では、獣達の妙《みょう》に人間臭《くさ》い瞳《ひとみ》が輝《かがや》いていた。

その闇の中にランプを片手に下げた人影《ひとかげ》があった。

時折、風を受け、微《かす》かに揺《ゆ》れるランプの光が、持ち主の姿《すがた》を照らし出す。

不吉な鳥の頭を象《かたど》った仮面を被《かぶ》った一人の男が、漆黒《しっこく》のマントに身を包み、夜道を音もなく進んでいる。

それは狂気《きょうき》に憑《つ》かれた画家の描《えが》く夢魔《むま》を思わせる異形《いぎょう》だった。

もし、今、彼に出くわす者があったとすれば、どんなに図太い神経《しんけい》の持ち主でも己《おのれ》の正気を疑《うたが》わずにはいられまい。

闇に浮《う》かぶ男の姿は、この世の者としてはあまりにも空虚《くうきょ》だった。

と、男の手にしたランプの小さな炎《ほのお》が、ジッ、と音を立て、弱々しくゆれる。それに気がつき、男は足を止めた。

炎は一瞬《いっしゅん》、大きく燃《も》え盛《さか》り、——消えた。

闇の中にロウソクの芯《しん》から白く細い煙《けむり》が悲しげにたちのぼった。男には、それが火の精《せい》霊《れい》の断末魔《だんまつま》のように思えた。

焦《こ》げ残った臭《にお》いに交《ま》じって、鼻を刺《さ》すような異臭《いしゅう》が微かに漂《ただよ》う。

「なあ、ヴァロフェス。……この雰囲気《ふんいき》、まずくねえか？　まるでアレが現れる時の……」

漆黒のマントの下から、押《お》し殺した声が聞こえた。カタカタと木を打ち合わせるような、奇妙《きみよう》な音も。

「……なあ、俺達《おれたち》、連中の領域《りよういき》のど真中にいるんじゃねえのか？」

「俺達、じゃない。私、だ」

緊張《きんちよう》を感じさせる声に黒衣の男が、――ヴァロフェスと呼ばれた男が答えた。

「お前は連中にとって関心の外だ。……運がいい事にな」

嫌味《いやみ》も傲慢《ごうまん》さも感じさせない淡々《たんたん》とした口調だった。

「ケッ。何が運がいいもんかよ！」

声が、怒《いか》りをあらわにする。

「俺様の運なんざ、とっくに尽《つ》きてらあ！　てめえと初めて出会った時にな！　全く、むかつくったらありゃしねえ！」

きいきい騒《さわ》ぐ声を無視《むし》して、ヴァロフェスは懐《ふところ》の火打ち石をまさぐる。

「……何にしても、こんな時は不用意にうろつくのは大間違《まちが》いだぜ」

声が、少し、落ち着きを取り戻《もど》した時、再《ふたた》びランプに火が灯《とも》された。暖《あたた》か味のある光が戻り、闇夜《やみよ》をぼんやりと照らした。

「さっきのあばら屋に戻ろうぜ。あそこなら一晩《ひとばん》くらいしのげらあな。……おい、聞いてんのか、ヴァロフェス」

「少し……黙《だま》っていろ」

声に、ヴァロフェスは短く命じた。

鴉《からす》を象《かたど》った仮面《かめん》の奥《おく》の瞳《ひとみ》が細められた。

「臭《にお》うな」

「な、何だよ……？」

小さく呟《つぶや》いたヴァロフェスに声が不安げに尋《たず》ねる。

その声を無視して、ヴァロフェスは少し離《はな》れた木陰《こかげ》にランプをかざした。

「……現れたか」

無感動な声でヴァロフェスが呟いた。

木陰には、痩《や》せこけボロを身にまとった男が一人、膝《ひざ》を抱《かか》えてうずくまっていた。

いや、痩せこけた、というのは正確《せいかく》ではない。

男の身体《からだ》は半分、腐《くさ》りかけていた。耳穴《みみあな》や落ち窪《くぼ》んだ眼孔《がんこう》の周囲を黒光りする殻《から》を持った地虫が這《は》いずり回っている。男の腹《はら》は無惨《むざん》に引き裂《さ》かれ、そこに納《おさ》まっていたはずの物は誰《だれ》かに持っていかれたのか、ぽっかりと空洞《くうどう》になっていた。

「お助けを、旅の方」

ヨロヨロと立ち上がりながら、男はかすれた声で言った。

「森に迷《まよ》ってしまったのです。もう、何日も何日も食べ物を口にしていません」

落ち葉の上に、ぽとぽととよく太った地虫が数匹《ひき》転がり落ちる。

よろめきながら、男はヴァロフェスに両手をのばした。骨《ほね》そのものの両手の指先が、化《け》鳥《ちょう》の鉤爪《かぎづめ》のように鋭《するど》く伸《の》びる。

「血と肉を」哀《あわ》れみを誘《さそ》うような声で男は言った。

「どうか、あなたの血と肉をわけてくださいまし……」

「こっ、こりゃ、ひでえ！」マントの下から、悲鳴が聞こえた。

「動く死体なんて最低だぜ！」

ふん、と鼻を鳴らし、ヴァロフェスはランプを地面にそっと降《お》ろした。

「死体を弄《もてあそ》ぶのは、やつらが——『叫《さけ》ぶ者』が最も好むお遊びだ」

隙《すき》を衝《つ》くように男が、いや、動く死者が、泣き声とも笑い声ともつかない奇声《きせい》をあげ、摑《つか》みかかって来た。

素早《すばや》くその爪をさけ、ヴァロフェスはベルトからステッキを引き抜《ぬ》く。

そして、息もつかさぬ動きで、男の頭を打ち据《す》えていた。

殆《ほとん》ど腐りかけていた男の首筋《くびすじ》は、その一撃《げき》で裂け、もげた頭は、ケラケラと甲高《かんだか》い笑い声を残して草むらに転がっていった。

「……くだらん」首を見送り、ヴァロフェスは肩《かた》をすくめた。

「どうせなら、もっと頑丈《がんじょう》な死体を使え」

と、地を覆《おお》っていた落ち葉が波のように脈打ち、その中から幾《いく》つもの影《かげ》が盛《も》り上がってくる。

くくくっ、と可笑《おか》しそうにそいつらは笑った。

「お、おいでなすったぞ」

マントの下で緊張《きんちょう》した声がまた言った。

「やっぱり、お前の探《さが》し人は、ここを通ったみてえだな」

そいつらは、ガチガチと牙《きば》を打ち鳴らす音をたてた。

おどけたように口笛をふく者もいた。

「オルタン、話がある……」

にじり寄る者達から、視線を外さないまま、ヴァロフェスは言った。

「話？　そんなの後にしろよ！　囲まれてんだぞ、俺達！」

「仕事の邪魔《じゃま》だ。……ここで待っていろ。覚えていたら、後で拾いに来てやる」

おい、ちょっと待て、という喚《わめ》き声には構《かま》わず、ヴァロフェスはマントの下で片手にぶら下げていた木偶人形《でくにんぎょう》、――オルタンを後ろの草叢《くさむら》に投げ捨《す》てた。

「さて、遊んでやるとしようか」口元に歪《ゆが》んだ笑《え》みを浮《う》かべ、ヴァロフェスはステッキを握《にぎ》りしめた。

「いつまでも、お気に召《め》すまで、な」

闇《やみ》の中で粘液《ねんえき》のしたたる幾《いく》つもの牙が煌《きら》めいた。

この人でなし、情《なさ》け知らず、という罵声《ばせい》を背中に浴びながら、ヴァロフェスは地を蹴《け》った。

3

森の奥《おく》から、何か、雄叫《おたけ》びのようなものが響《ひび》いた。

ひっ、と小さく悲鳴をあげ、リリスは身を強《こわ》ばらせていた。

同時に胸が早鐘《はやがね》のように高鳴り、背中に冷や汗《あせ》がどっと溢《あふ》れる。

すぐにでも馬車に飛び込んで行きたかったが、足が竦《すく》み、動けなかった。息を吸《す》うことも忘《わす》れて、リリスは闇に目を凝《こ》らした。

しばらく、そうしていたが、焚火《たきび》のはぜる音以外は何も聞こえず、そして、何も動くものはなかった。

「お、狼《おおかみ》か何かだよね……」

肩《かた》の力を抜《ぬ》き、ほっとしながら呟《つぶや》く。自分でも可笑《おか》しいほど声が震《ふる》えた。

「ひ、火を焚《た》いていれば大丈夫《だいじょうぶ》だよ……」

引き吊《つ》った笑《え》みを浮《う》かべ、リリスは自分に言い聞かせた。

胸に抱《だ》きしめた瓶《びん》の中のどろっとした液体《えきたい》、——酒がちゃぷちゃぷと揺《ゆ》れた。

それはアブンの荷物から、たった今、失敬《しっけい》してきた物だ。無論《むろん》、リリスが自分で飲むためではない。

孫が突然《とつぜん》、姿《すがた》を消してしまったことにすっかり動揺《どうよう》し、倒《たお》れてしまったチコリ婆《ばあ》さんの気付けのためだ。

それにしても、と酒瓶を手に馬車に戻《もど》りながらリリスは思った。

あの子は、タックは、一体、どこまで行ってしまったのだろう。

一座《いちざ》の男達、——ジョパンニ、アブン、グレコー、ザブ、ライリーの五人が松明《たいまつ》を片手《かたて》に出かけてから随分《ずいぶん》と時間がたつ。

心細さを紛《まぎ》らわすかのように、リリスは空を仰《あお》いだ。

天を覆《おお》い隠《かく》すような木々の間から、ぼんやりとした月光が差し込んでいた。

と、リリスの背中に、豆ほどの小石が音を立ててあたった。

またしても悲鳴をあげそうになりながら、後ろを振《ふ》り向く。

藪《やぶ》の中に、小さな男の子と思《おぼ》しき影《かげ》が浮かび上がった。胸の高さほどもある雑草《ざっそう》に埋《う》もれながら、何が嬉《うれ》しいのか男の子は、クスクスと笑い声を立てた。

「……タックなの？」

しばしの間、唖然《あぜん》としていたリリスはようやく、そう声をかけた。

「あんた、……そこで何してるの？」

言いながら、リリスは人影の方に一歩、歩み寄る。急に腹立《はらだ》ちが込み上げてくるのを感じた。

「一体、どこに行ってたの？　みんな、心配してあんたを……」

リリスが手を伸《の》ばしかけたと同時に、人影は素早《すばや》く身体《からだ》を藪の中に沈《しず》み込ませた。そして、ガサガサと草をかき分け、彼女から遠ざかって行く。

「ちょっ、……待ちなよ！」

戸惑《とまど》いながらも、リリスは叫《さけ》んでいた。

馬車に寝《ね》かせてきたチコリ婆さんのことは気になったが、かと言って、このままタックを放《ほう》っておくわけにもいかない。

舌打《したう》ちしながらリリスは焚火《たきび》に近寄り、手頃《てごろ》な長さの薪《まき》を松明の代わりにと、炎《ほのお》の中から引っ張《ぱ》りだした。


一体、何だって言うの？

訳《わけ》が分からないままリリスは、草むらを進み続けるタックの後を追った。

相手はクスクスと可愛《かわい》らしい笑い声を上げながら、リリスとは一定の距離《きょり》を開けて進み続ける。

その距離は一向に縮まる気配がなかった。

おかしい。

激《はげ》しい焦《あせ》りを覚えながら、リリスは思った。

なぜ、あの子は見知らぬ夜道をこんなに早く歩けるんだろう？　しかも、明りとなるものを何も持たずに。

「タック！」

その後ろ姿を見失うまいと必死に松明《たいまつ》を掲《かか》げながら、リリスは怒鳴《どな》った。

「いい加減《かげん》にしないと……怒《おこ》るよ！」

その言葉に男の子が足を止めた。

「や、やっと捕《つか》まえた……」

息を切らしながら、リリスは男の子の袖《そで》を摑《つか》んだ。

と、男の子が、くるりと振《ふ》り返った。

「……え？」

気の抜《ぬ》けたような声でリリスは呟《つぶや》いていた。

振り返った顔には、――何もなかった。

当然、あるはずの目や鼻、口といった器官がなかった。そこには、卵《たまご》のようなつるりとした肌色《はだいろ》の平面があるだけだった。

何だろう、これ？

時間が止まったような奇妙《きみよう》な感覚を覚えながら、リリスはそう思った。理性《りせい》が、目の前に佇《たたず》むモノの存在《そんざい》に追いつかない。

――くけ、くけ、くけけけけ……。

惚《ほう》けたような顔で見つめるリリスに、タックが、いや、顔のない子供が、――口がないにも拘《かかわ》らず声を上げて笑った。

そして、――消えた。

何の段階《だんかい》も踏《ふ》まず、唐突《とうとつ》に。

その場には、松明を片手にしたリリス一人が取り残されていた。

「ちょっ、ちょっと……待ってよ」

誰《だれ》にともなくリリスは呟きながら、ヘナヘナとそこに両膝《りょうひざ》をついた。

座《すわ》り込《こ》んでいる場合じゃない。

頭のどこかでそうささやく自分がいたが、――足腰《あしこし》に力が入らず、立ち上がれない。

焚火《たきび》の光はすでに見えない。周囲は、風に枝《えだ》をゆらす木々で囲まれているだけで、自分がどちらから来たのか判断《はんだん》することすらできなかった。

うねるような闇《やみ》の中、リリスは一人だった。

ふと、幼《おさな》い頃、――まだ、ジョパンニの一座に受け入れられて間もない頃、寝物語《ねものがたり》に聞かされた言葉が蘇《よみがえ》ってくる。

……森には怖《こわ》い魔女《まじょ》がいる。

魔女は魔法《まほう》を使って悪さをする。魔女は子供《こども》を攫《さら》って食っちまう……。

一座の誰に聞かされたのかは思い出せない。ただ、この話を聞いた時、リリスはそんなの大人の作り話だ、とそっぽを向いたものだ。

しかし、今は……

「落ち着け、……落ち着きな。リリス」

かすれる声で、少女は自分自身に向かって呟《つぶや》いた。

頭上で梟《ふくろう》と思《おぼ》しき野鳥が翼《つばさ》をはためかせた。

ひっ、と悲鳴をあげてリリスは頭を抱《かか》えた。

松明《たいまつ》は投げ出され、火をともしたまま地面に転がる。

怖い。

全身をただ一つの感情がかけ巡《めぐ》る。

怖い。怖いよ。怖い怖い怖い……。

身動き一つ、とれないまま、リリスは震《ふる》え続けた。

そんな彼女を冷やかすかのように、森の木々がざわざわと揺《ゆ》れた。

「リリス？」

背後から小さく名を呼ばれ、少女は身を強《こわ》ばらせて振《ふ》り返った。

「そこにいるのは……リリスなの？」

落ちた松明の明りが、草むらの中に立つ小さな人影《ひとかげ》を照らし出した。

それは青い大きな瞳《ひとみ》を、不思議そうにしばたかせている小さな男の子だった。

「タック⁉」

悲鳴に近い声をあげ、リリスは男の子に近寄《ちかよ》った。

「やっぱりリリスだあ」

彼女の姿《すがた》を認《みと》めたタックの顔に、人なつっこい子犬のような笑《え》みが広がる。

「びっくりしたよぉ。だって、目が覚めたらだあれもいないんだもん……どうしたの？　泣いているの？」

「どうしたの、じゃないよ。馬鹿《ばか》」

言いながらリリスは、心配そうに顔を見上げてくるタックを抱《だ》き寄せ、彼のふんわりとした金髪《きんぱつ》を撫《な》でてやった。僕《ぼく》、馬鹿じゃないもん、と抗議《こうぎ》の声をあげる幼い少年は、いつもと変わらなかった。

「……ここどこ？」

リリスの腕《うで》の中で周囲を見回しながら、タックが尋《たず》ねた。幼い顔が不安に曇《くも》っている。

「なんで、外にいるの？　婆《ばあ》ちゃんは？」

リリスは答えなかった。いや、答えられなかった。

「とにかく」

目尻《めじり》の涙《なみだ》を拭《ぬぐ》い、できるだけ明るい声で言う。

「……馬車に戻《もど》ろ？　みんな待ってるよ」

「……うん」

釈然《しゃくぜん》としない顔のタックを促《うなが》し、リリスは立ち上がった。

が、次の瞬間、表情《ひょうじょう》を凍《こお》りつかせる。

リリスは闇《やみ》の中に、幾《いく》つもの煌《きら》めく瞳《ひとみ》が浮《う》かび上がるのを見た。

（お、狼《おおかみ》？）

再《ふた》び全身を恐怖《きょうふ》が駆《か》け抜《ぬ》ける。

ひっ、と小さな声を上げたタックを背中《せなか》にかばいながら、リリスは地面に落ちた松明《たいまつ》を拾いあげた。

「一歩でも近寄ってごらん！」

松明をかざし、リリスはできる限《かぎ》り勇ましい声でいった。

「毛皮を焼かれたくなきゃあっちに行きな！」

一難《いちなん》去ってまた一難か。

冷や汗《あせ》を流しながらリリスは思った。

でも、相手が狼なら何とかなる。

魔女《まじょ》の魔法は手に負えないけれど、火を恐《おそ》れる動物なら……。

が、その考えは、明るい炎《ほのお》の中に照らし出されたそいつらの姿に、軽々と突《つ》き崩《くず》された。

「な、上手《うま》くいっただろ、上手くいっただろ？」

楽しげに、そして冷酷《れいこく》な声で、——人間の声でそいつらの一匹《ぴき》が言った。

「ああ、本当だ、上手くいったな」「小鬼《こおに》を使えば、餓鬼《がき》の一人や二人、簡単《かんたん》におびき寄せれるなあ」「ああ、簡単だ。簡単だ」

そいつらは頬《ほお》をよせ合い、下卑《げび》た口調で口々に言い合った。

もはや、少女は恐怖を感じなかった。むしろ、周囲を取り囲んだ連中の奇妙《きみよう》な姿に、リリスは呆《あき》れ返っていた。

ゲタゲタと狼達が乾《かわ》いた笑い声をあげた。

いや、正確《せいかく》には、獣《けもの》の胴《どう》に繋《つな》がれた青ざめた人間の頭が。

4

突《つ》き上げたステッキの先が、飛びかかる獣の顎《あご》を見事に貫《つらぬ》いた。敵《てき》は、ぎゃううん、と耳に残る悲鳴をあげて草の上に落ちた。

「……やっと一段落《だんらく》、か」

呼吸《こきゅう》を整え、静かにヴァロフェスは呟《つぶや》いていた。

今夜が曇《くも》りでなかったことは幸いというべきだろう。

ランプがなくとも、森は月の光に満たされ、何とか動き回ることができた。

その明かりは、地面に横たわりピクピクと手足を痙攣《けいれん》させる異形《いぎょう》の獣たちのおぞましい姿を照らしていた。

一歩、それらに歩み寄ろうとして、ヴァロフェスは痛《いた》みに低く呻《うめ》いた。牙《きば》を突き立てられ、引き裂《さ》かれた右の太股《ふともも》が熱をもって疼《うず》いている。

「……まったく、だらしない」傷口《きずぐち》を手で押《お》さえながらヴァロフェスはぼそりと呟いた。

「私もまだまだ、鍛練《たんれん》不足、ということか……」

首を振《ふ》りながら自分が打ち倒《たお》した連中にかがみこむ。

ヴァロフェスは手をのばし、まだ、かろうじて息のあるものを宙《ちゅう》につるし上げた。

それはたちの悪い夢《ゆめ》の中から抜《ぬ》け出たような異形だった。

長い尻尾《しっぽ》が力なく垂《た》れ下がる。黒光りする毛皮に覆《おお》われ痩《や》せこけた胴体は明らかに狼のそれであったが、醜《みにく》く歪《ゆが》んだ顔は人間の物だった。

剃刀《かみそり》のように尖《とが》った歯の間から、紫色《むらさきいろ》の舌《した》がだらりと伸《の》びていた。

「人面の狼、か」

マントで口元を覆《おお》いながら、ヴァロフェスは呻《うめ》いた。

額《ひたい》を叩《たた》き割《わ》られ血に染《そ》まった髭面《ひげづら》の男の唇《くちびる》から、掠《かす》れた言葉が漏《も》れでた。

「死にたくねえ……」

「とうに死んでいる者が、何を今さら」

淡々《たんたん》とヴァロフェスは諭《さと》すように言った。

「昔、この森を根城《ねじろ》にしていた盗賊《とうぞく》どもが大勢《おおぜい》、斬首《ざんしゅ》に処《しょ》されたと聞いた。……君たちのことだな？」

怪物《かいぶつ》は答えなかった。

狂人《きょうじん》そのものの血走った瞳《ひとみ》で、ヴァロフェスを睨《にら》む。

肩《かた》を竦《すく》め、ヴァロフェスは続けた。

「やっと……マクバとどんな取り引きをした？」

「死にたくねえよお」

悲しげな声で人面狼は同じことを言った。

「そう願ったんだな。……なるほど」

しげしげと醜悪《しゅうあく》な獣《けもの》を眺《なが》めながら、ヴァロフェスは頷《うなず》いた。

「マクバはこの森のどこにいる？　どこで出会った？」

「死にたくねえよお」

「悪いが……応《おう》じかねる」

言いながらステッキの先を、人面狼の喉《のど》に深く突《つ》き立てる。まるでリンゴの皮をむくような何気ない仕種《しぐさ》だった。

ゴボゴボと血の泡《あわ》を吹《ふ》き、二、三度、身体《からだ》を震《ふる》わせて狼は動かなくなる。

ヴァロフェスがその死体を地面にぼろ布《ぬの》を扱《あつか》うように投げ捨《す》てた時、――甲高《かんだか》い悲鳴が闇《やみ》の森を切り裂《さ》いた。

それは年若《としわか》い娘《むすめ》と小さな子供《こども》の悲鳴だった。それをゲタゲタという品のない笑い声が追いかけている……。

「全く……」ヴァロフェスはため息混じりに呟《つぶや》いた。

「楽しい夜だ」

5

タックの手を爪《つめ》が食い込むほど強く握《にぎ》り締《し》めながら、リリスはひたすら闇の中を走った。

途中《とちゅう》、刺《とげ》のある植物の蔓《つる》が、何度となく服を切り裂き身体を傷つけたが、それに構《かま》うような余裕《よゆう》はない。

松明《たいまつ》もどこかで落としてしまった。

もはや、どこへ行こう、などという悠長《ゆうちょう》な考えは頭に浮《う》かんでこない。

逃《に》げなきゃ！

後ろに迫《せま》る奴《やつ》らから早く離《はな》れなきゃ！

彼女を全力で走らせていたのは、ただ、その思いだけだった。

「ねえ、リリス！　リリス！」

息を弾《はず》ませながら、タックが叫《さけ》んだ。おそらく幼《おさな》い顔は涙《なみだ》でグショグショに濡《ぬ》れていることだろう。

「アレ、何？　あんなの僕《ぼく》、見たことないよ！」

「黙《だま》って走りな！」

振《ふ》り返りもせず、リリスは怒鳴《どな》った。

「つかまったら僕達、食べられちゃうの？　食べられちゃうの？」

「そんなのわたしが知るもんか！　とにかく、走るんだよ！」

二人の後ろからは、ゲタゲタと笑い、よだれをまき散らしながら人の頭を持った狼達《おおかみたち》が追いかけてくる。

これも、魔女《まじょ》の魔法なんだろうか？

冗談《じょうだん》じゃない！

と、タックが悲鳴を上げ、前につんのめった。どうやら、石に蹴躓《けつまず》いたらしい。

「もう、しっかりしなよ」

泣き笑いしながら、リリスはタックを抱《だ》き起こした。

と、夜空を覆《おお》う雲間を裂《さ》いて月光が差し込んできた。その月光に周囲の様子が、ゆっくりと照らし出される。

ひっ、とタックが息を飲み、強い力でリリスの首にしがみついた。

月光の中、二人はおぞましい人面の狼達に四方を囲まれていた。

「子供だなあ、子供だ」「それも、二人も。俺《おれ》は女の子の目が食いたい」「俺は耳がいい」

「なら、俺は喉肉《のどにく》だ」「俺は男の子だ。内臓《ないぞう》をしゃぶりたい」

人の顔を持った狼達がくぐもった声で囁《ささや》き合い、ゲラゲラと笑いあう。

畜生《ちくしょう》。

こいつら、わたし達を群れに追いこんでたんだ……。

と、腕《うで》の中のタックがカクッと首を傾《かし》げた。そして、動かなくなる。どうやら、気を失ったらしい。

彼を抱きしめたまま、リリスはポケットの中のナイフに手を触《ふ》れた。武器《ぶき》になりそうな物はこの細いナイフ一本だけだった。

「近寄《ちかよ》んな、バケモノ！」震《ふる》えながらもリリスは叫《さけ》んだ。

「あんた達なんかに食われてたまるか！」

相変わらずゲラゲラと笑いながら、一匹《ぴき》が走り寄って来た。

前屈《まえかが》みになったかと思うと、強靭《きょうじん》な後ろ足で地を蹴り、飛びかかる。

リリスはナイフを突《つ》き上げようと、両手で握《にぎ》り締《し》めたその時、――

少女は耳元で風が、――突風《とっぷう》がはためくのを聞いた。

次の瞬間《しゅんかん》、狼《おおかみ》は前歯を砕《くだ》かれ、後ろに弾《はじ》き飛ばされた。

「……君か。また会ったな」

銀に輝《かがや》くステッキから、どす黒い血がしたたり落ちる。

死者の肌《はだ》のように青ざめた森の中でリリスは見た。

悪夢《あくむ》のような黒装束《くろしょうぞく》に身を包んだ男が月光の下に照らし出されるのを。

「あ、あんたは昨夜、酒場で……」

「ヴァロフェスだ」

男は名乗り、ステッキを片手《かたて》にリリスの前に進みでる。

人面の狼たちが、腐《くさ》ったような臭《にお》いを放つ牙《きば》を剝《む》いて威嚇《いかく》の唸《うな》り声をあげた。

しかし、ヴァロフェスはまったく恐《おそ》れる様子を見せず、ただ静かに獣達《けものたち》を見つめ返す。

リリスは仮面《かめん》の中に光る男の目が一瞬、赤みを帯びたように感じた。

「ねえ、ちょっと」

鴉男《からすおとこ》の袖《そで》をひっぱり、リリスは尋《たず》ねた。

「こいつら、一体、何？　あんた、何か知ってるの？」

「気にかける程《ほど》の連中じゃない」

と、二匹の人面狼が地を蹴《け》り、襲《おそ》いかかってくる。

その襲撃《しゅうげき》に全く臆《おく》した様子を見せず、鴉男はリリスに顔を向けたままステッキを振《ふ》った。

ステッキは風を切り、鞭《むち》のように大きくしなる。

その一撃が二匹の人面狼の顔を、ほぼ同時に打ち砕いていた。

げあっ、と汚《きたな》い鳴き声をあげて、二匹が白目をむく。

「薄《うす》汚い小悪党《こあくとう》だ」

言い捨《す》て、鴉男は銀色に輝くステッキを振りかざしながら、人面狼の群《む》れに自ら飛び込んでいった。

それは凄惨《せいさん》な光景だった。

銀色に輝くステッキは、まるでそれ自体に生命が宿っているかのように、群《むら》がる獣達を微塵《みじん》の容赦《ようしゃ》もなく打ち据《す》えていた。

人面狼《じんめんおおかみ》たちもそのおぞましい牙や爪《つめ》で鴉男の身体《からだ》を切り裂《さ》こうと襲いかかるのだが、黒衣の男は幽霊《ゆうれい》のごとく木々の間を駆《か》け回り、その攻撃《こうげき》を避《さ》ける。

そして、その隙《すき》をついて、ステッキを振るって狼たちの頭を西瓜《すいか》のように打ち砕《くだ》き、もしくは、稲妻《いなずま》のような突《つ》きを目や鼻、喉《のど》といった急所に鋭《するど》く見舞《みま》っていった。

男の手にしたステッキは、瞬《また》く間に獣《けもの》どものどす黒い血に染《そ》め上げられ、獲物《えもの》を切り裂き、血に酔《よ》う野獣《やじゆう》の牙のような鬼気《きき》を放っていた。

——強い。

気を失ったままのタックを抱《だ》きしめながら、リリスは戦慄《せんりつ》を覚えていた。

少女は身動き一つできぬまま、異形《いぎよう》の者同士の死闘《しとう》を見守っていた。

漆黒《しつこく》のマントをはためかせ、醜《みにく》い獣を一匹《ぴき》一匹、確実《かくじつ》に仕留《しと》めてゆく男の姿《すがた》は、現実味《げんじつみ》に乏《とぼ》しくまさしく人外のものだった。

アブン程度《ていど》が歯が立たないのも納得《なつとく》できる。

最後の一匹の背骨《せぼね》に、ヴァロフェスはステッキを突き立てた。びくん、と獣の四肢《しし》が跳《は》ね上がった。

「……遊びは終わりだ」

男は、手袋《てぶくろ》をはめた手でステッキにこびりついた血を拭《ぬぐ》った。

そして、累々《るいるい》と横たわる人面の狼達の屍《しかばね》の山にどうでも良さそうな口調で告げる。

「感謝《かんしゃ》しながら、地獄《じごく》におちるがいい……」

と、リリスは東の空に朝陽《あさひ》が滲《にじ》み出したことに気がついた。

それは一晩中《ひとばんじゅう》、待ちこがれていた光だった。

ああ、あたし、まだ生きてる。

リリスは全身が震《ふる》えるのを感じながら思った。

助かった。あたし達、助かったんだ。

途端《とたん》にリリスは、全身から力が抜《ぬ》けるのを感じた。すさまじい緊張《きんちょう》の糸が切れ、前のめりに倒《たお》れそうになる。

傾《かたむ》いたリリスの身体《からだ》をそっと支《ささ》えたのは鴉男《からすおとこ》、――ヴァロフェスだった。

「一晩、ご苦労だったな……」

強烈《きょうれつ》な眠気《ねむけ》に襲《おそ》われ、目蓋《まぶた》が重くなる。

それと闘《たたか》いながら、リリスは何とか質問《しつもん》を口にした。

「あんた、……一体、何者なの？」

「君とは何の関係もない世界の住人だ」

ヴァロフェスの口元に笑《え》みが浮《う》かんだ。リリスには、それがひどく寂《さび》しげなものに思えた。

「もう、おやすみ」耳元に男の低い声が囁《ささや》いた。

「悪夢の時間は終わりだ……」

思いのほか優《やさ》しい声に導《みちび》かれ、リリスの意識《いしき》は闇《やみ》に飲まれた。

第三話　翠玉《すいぎょく》が丘《おか》

1

「おい、……おい、リリス。起きろよ」

暖《あたた》かい手で頬《ほお》をペタペタと叩《たた》かれ、リリスは目を覚ました。

枝《えだ》の間から差し込む日差しが、ほんのりと頬を照らしている。風が吹《ふ》いていたが、夜のような冷たさは微塵《みじん》も感じられず、優《やさ》しい春のそよ風だった。

リリスは大きな木の根に横たわっていた自分に気がついた。傍《かたわ》らには、背中《せなか》を丸め身を縮《ちぢ》こまらせたタックが安らかな寝息《ねいき》をたてている。

そして、目の前には、今にも泣き出しそうなアブンの顔があった。

「……おはよう」

上体を起こしながら、リリスは若者《わかもの》に告げた。

他《ほか》にも言うべきことは沢山《たくさん》あったが、頭が混乱《こんらん》し、整理することができなかった。

「何がおはようだ！」目を剝《む》いて、アブンが怒鳴《どな》った。

「リリス、何でお前まで馬車から離《はな》れたんだよ？　俺《おれ》たちゃ、一晩中《ひとばんじゆう》、お前らを探《さが》してたんだぞ？」

それは、と言いかけてリリスは口をつぐんだ。

森の地面にはただ雑草《ざつそう》が生え、落ち葉が敷《し》きつめられているだけだった。昨夜、自分とタックを襲《おそ》ったおぞましい獣達《けものたち》の遺体《いたい》が一つも残されていない。

そして、あの銀のステッキを持った鴉男《からすおとこ》……。慌《あわ》てて周囲を見回すが、その姿《すがた》はどこにもなかった。

そこには昨夜の戦いの痕跡《こんせき》らしきものは何一つ残っていなかった。

夢《ゆめ》でも見ていたのだろうか？

思えば、昨夜の出来事は何もかもが現実《げんじつ》離れしている……。

リリスは頭を振《ふ》った。思考をまとめ切れず、軽い吐《は》き気を覚えた。

「……まあ、無事だったんだからいいけどよ」

リリスが黙《だま》っていることを、反省しているととったらしい。

少し、表情《ひようじよう》を和《やわ》らげてアブンは続けた。

「一つ、いい知らせがあるぜ。道標《みちしるべ》があったんだ」

「道標？」

「ああ。俺達が野営《やえい》した場所のすぐ近くにあった。多分。暗くて気がつかなかったんだ。まったく、嫌《いや》になるよな」

自嘲気味《じちょうぎみ》に笑うアブンに適当《てきとう》に相槌《あいづち》を打ち、少女は落ち着きなく視線《しせん》を泳がせた。

と、木の根元に何かが落ちていることにリリスは気がついた。

そっと手を伸《の》ばし、拾い上げてみる。

それは、貝殻《かいがら》を連ねて拵《こしら》えられた首飾《くびかざ》りだった。

どれもほぼ同じ大きさの貝殻には青い塗料《とりょう》が丁寧《ていねい》に塗《ぬ》られ、陽《ひ》の光を反射《はんしゃ》し美しく輝《かがや》いている。

専門《せんもん》の職人《しょくにん》の手による物とは思えないが、制作者《せいさくしゃ》がかなり丹念《たんねん》にこの首飾りを拵えたであろうことはリリスにも想像《そうぞう》できた。

これは、あの鴉男のものだろうか？

リリスは黒衣の男が、木々の間を駆《か》け巡《めぐ》りながら戦っていた様を思い返していた。

しかし、ステッキ一本で獣の群れを皆殺《みなごろ》しにする男の持ち物としては、随分《ずいぶん》と可愛《かわい》らしい。

「あーあ、こいつも呑気《のんき》に眠《ねむ》っていやがる」

アブンが、まだ眠っているタックの尻《しり》をつま先でつつきながらぼやいた。

「チビ。お前もいい加減《かげん》に起きるんだよ。みんなに迷惑《めいわく》かけやがって。わかってんのか？」

ううん、と伸びをしながら身体《からだ》を起こすタックに、ガミガミと文句《もんく》を言う。

「うるさいなあ」目を擦《こす》りながら、タックが言い返した。

「自分は毎朝、二日酔《ふつかよ》いのくせに……」

「な、何だと！　て、てめえ、ぶん殴《なぐ》るぞ！」

地団太《じだんだ》を踏《ふ》んでアブンがわめくのに、幾分《いくぶん》うんざりしながらリリスはゆっくりと立ち上がった。

2

アブンの言った通り、街道《かいどう》はすぐに見つかった。揺《ゆ》れながら進む幌馬車《ほろばしゃ》の中で次第《しだい》に遠ざかって行く森を見つめながらリリスは肩《かた》をすくめた。

何だか、拍子抜《ひょうしぬ》けだ。

昨夜、気が狂《くる》わんばかりの恐怖《きょうふ》に追われ、森中を走り回ったのが、本当に一夜限《かぎ》りの悪夢《あくむ》のように思えてくる。

目覚めたタックは、人面の狼《おおかみ》の群《む》れのことを一切《いっさい》、覚えていなかった。

ジョパンニを初めとする一座《いちざ》の人々は、無事に帰ってきた二人の子供《こども》に、疲《つか》れきった笑《え》顔《がお》と小言《こごと》で応《おう》じてくれた。

だが、彼らの誰《だれ》一人として、昨夜、怪異《かいい》に気がついたものはいない様子だった。

——もう考えるのはよそう。

馬車に揺られながら、リリスは思った。

いくら自分が考えても、昨夜の出来事に説明をつけることはできそうにない。

考えてもどうにもならない事は、考えてはならない事なのだ。

しかし、あの黒ずくめの男は、——彼は決して幻想《げんそう》の産物ではない。思えば、彼とは街の酒場、昨夜の森と二晩続けて出会っているのだ。

リリスとタックを救ってくれた異様な出で立ちの男はあの後、どこに消えたのだろう……。

そう言えば、彼には礼の一言も言えていない。

「どうしたんだい？　リリス。ため息なんかついて。気分でも悪いのかい？」

心配そうなチコリ婆《ばあ》さんの声に、リリスははっと顔をあげた。衣装箱《いしょうばこ》に腰《こし》を下ろしたチコリ婆さんの膝《ひざ》の上には、安心しきったタックの頭が載《の》せられている。

「ううん。大丈夫《だいじょうぶ》。……ちょっと考え事してただけ」

軽く笑みを返し、リリスは首飾《くびかざ》りを再《ふたた》びポケットの中に納《おさ》めた。

「本当かい？」心配そうなチコリ婆さんがまた言った。

「一晩中、夜風に吹《ふ》かれてたんだろ？　タックを探《さが》してくれたのは感謝《かんしゃ》しているけど、女の子なんだから身体《からだ》は大事にしなきゃ駄目《だめ》だよ」

リリスがチコリ婆さんに答えようとした時、

「おい、みんな」手綱《たづな》を握《にぎ》っていたジョパンニが、幌《ほろ》の中を振《ふ》り返り、呼《よ》びかけた。

「村が見えたぞ。……翠玉《すいぎょく》が丘《おか》だ」

馬車は、森から流れる川の辺で止まった。

ゆったりと水の流れる川の上には、石作りの大きな橋がかかっていた。橋は随分《ずいぶん》と昔に造《つく》られた物らしく、踊《おど》る妖精達《ようせいたち》の浮彫《レリーフ》を施《ほどこ》した欄杆《らんかん》には亀裂《きれつ》が走り、半ば風化しかけていた。

橋を渡《わた》った岸の向こうには、黄緑に彩《いろど》られた緩《ゆる》やかな丘陵地帯《きゅうりょうちたい》が広がっており、その上に人家らしき家屋が点々と建っているのが見えた。

風が運ぶみずみずしい草の匂《にお》いにまじって、パンを焼く匂いや家畜《かちく》の匂い、――生活の匂いが漂《ただよ》っていた。

「……なんつっう、ドイナカだ」

手早く衣装《いしょう》に着替《きが》え、馬車から降《お》りたリリスは、アブンがそうぼやくのを聞いた。

「こりゃ人は少なそうだなあ。……座長《ざちょう》、本当にこんな村で公演《こうえん》するんスか？」

「当然だよ」高帽子《ぼうし》を目深《まぶか》に被《かぶ》りながら、ジョパンニは短く答えた。

「こういう娯楽《ごらく》の少ない村にこそ、芸人が必要とされるんだ。それに今は、農村ならどこでも春祭りの季節だ。きっと歓迎《かんげい》してくれるさ」

「嬉《うれ》しいね。……酒場さえありゃ俺は言うことナシだ」

「さ、そろそろ出かけるぞ」

ぼやき続けるアブンの肩《かた》を叩《たた》いて、ジョパンニは使い古した手回しオルガンを手にした。

「みんな疲《つか》れているだろうが元気を出していこう」

3

少々、調子の外れた陽気なオルガンの音が丘の上に響《ひび》き渡った。

一座は村に続く坂道を、ジョパンニを先頭に、飴菓子《あめがし》を積んだ荷車を引くグレコーとザブ、チラシを脇《わき》に抱《かか》えたリリス、そして愛用の槍《やり》を肩に担《かつ》いだアブンと列をなして進んでゆく。

「皆様《みなさま》、お初にお目にかかります。ジョパンニ一座がやって参りましたーっ」

疲労《ひろう》など微塵《みじん》も感じさせない明るい声でリリスは家々に向かって呼びかけた。そして、用意したチラシを宙《ちゅう》に向かって次々と投げる。

リリスは違和感《いわかん》を覚えていた。

そろそろ家から子供達が歓声《かんせい》を上げながら飛び出してくる頃《ころ》だ。

そんな子供達につられ、大人達もやれやれという顔で出てくるのが常《つね》だ。

しかし、一座の来訪《らいほう》を告げるジョパンニの楽しげな音楽やリリスの口上を聞いても、誰《だれ》一人として往来《おうらい》に現《あらわ》れる気配がない。

「一座の芸人達は、みんな恥《は》ずかしがり屋ばっかりです。でも、みなさんに楽しんでいただくためならば、たとえ火の中、水の中……」

口上を述《の》べながら、リリスは近くにあった家の庭に目をやった。羊の囲いの中で飼葉桶《かいばおけ》を抱え、ぼんやりとした表情《ひょうじょう》を浮《う》かべている少年と目が合う。

「はじめまして、おぼっちゃま」

チラシを手渡《てわた》しながら、リリスは少年に微笑《ほほえ》みかける。

「ジョパンニ一座《いちざ》がやって参りました。楽しい芸をぜひお友達みんなで……」

「トーマッ！」金切り声をあげながら、納屋《なや》から少年の父親らしい男が駆《か》け寄《よ》ってくる。

「得体の知れん連中と気軽に話をするんじゃねえ。何をされるかわかったもんじゃない！」

ガミガミと叱《しか》りつけながら、男は、少年を引き摺《ず》るようにして家に入った。

「一体、何だっての？」

呆気《あっけ》にとられ、——そして、幾分《いくぶん》、傷《きず》つきながらリリスは、固く閉《と》ざされた家の入り口をぼんやりと見つめた。

「人をバケモノみたいに……」

「まあ、誰でも旅芸人が好きという訳《わけ》じゃない。気にするな」

口を尖《とが》らせるリリスの肩《かた》を叩《たた》き、ジョパンニが気楽に言った。

「子供《こども》のほうは、始まれば見に来てくれるさ」

しかし、ジョパンニの楽観的な予想は外れた。

村の中央、——井戸《いど》のある広場にたどり着いても、観客になってくれそうな村人は誰一人として現れなかった。

「何だか、この村……おかしくないか？」腕組《うでぐ》みをしながら、グレコーが首を傾《かし》げた。

「あっしもさっきから、そう思ってやした。……なんで誰も姿《すがた》を見せないんでげしょ？」

巨漢《きょかん》の言葉に頷《うなず》きながらザブも疑問《ぎもん》を口にする。

「きっと、怯《おび》えてんだよ。お前ら二人の顔に」

鼻をほじりながら、アブンが他人事《ひとごと》のように言った。

「なんだと、お前、人のこと言える面《つら》だと思ってんのか⁉」

「うるせえ、この肉達磨《にくだるま》にチビ猿《ざる》が！」

早速《さっそく》、摑《つか》み合いの言い争いを始めた男達にため息をつきながら、リリスはジョパンニに声をかけた。

「座長、これからどうすんの？　誰も見に来ないんじゃ商売にならないね」

ううむ、とさすがに困《こま》った顔でうなるジョパンニ。

「一軒《けん》、一軒、家を回ってみる？　見に来てくださいって」

「ちょっと……待ちなさい。あれは何だ？」

リリスを手で制《せい》して、ジョパンニは広場の入り口を指さした。

何気なくそちらを見て、リリスは思わず息を飲む。

そこには大勢《おおぜい》の村人が、異様《いよう》な気迫《きはく》を身にまとってたっていた。

三十人ほどの男達がそれぞれに、鍬《くわ》や鎌《かま》、鋤《すき》などを手にしており、中には弓矢を背《せ》に担《かつ》いだ者までいる。

そして、その殺気に満ちた瞳《ひとみ》は明らかに芸人達に向けられていた。

「な、何だろ？　この人たち……」

思わずリリスは後ずさっていた。グレコーとザブに組み伏《ふ》せられたアブンも事の異常《いじょう》さに気がついたのか、目を白黒させている。

「間違《まちが》いねえ！　この娘《むすめ》っ子だ！」

見覚えのある男がリリスを指差し、睨《にら》みつけながら怒鳴《どな》った。

「うちの息子《むすこ》を連れていこうとしやがったんだ！　危《あぶ》ないところだったんだ！」

「わ……わたしが何だって？」

突然《とつぜん》のことに、リリスは目を釣《つ》り上げる。

ジョパンニが一歩前に進み出た。

「ちょっと皆《みな》さん。何か誤解《ごかい》があるようだ。私達はただの旅芸人で決して怪《あや》しいもんじゃございません……」

「おい、動くんじゃねえ！　俺に呪《のろ》いをかける気か！」

恐《おそ》ろしいまでに殺気だった一人の村人が、ジョパンニの鼻先に鍬を突《つ》きつけ言った。

「え？　何ですって？　一体、みなさん、何をおっしゃって……」

目を丸くするジョパンニに答えず、村人達はじりじりと一座との間合いをつめてくる。

「こいつら、やっぱり占《うらな》い師《し》——あのババァの使い魔《ま》か」

「ああ、間違いねえ。森の方から来たんだ」

「尻《しり》を調べてみろ、小鬼《こおに》の化身《けしん》なら尻尾《しっぽ》が生えてるぜ」

尻尾だって？　冗談《じょうだん》じゃない！

あまりの言い草に、リリスは恐怖《きょうふ》よりも怒《いか》りのほうが勝った。

「……おい、ちょっと待てよ、コラ」

何か言い返してやろうとリリスが口を開くよりも早く、アブンが近くにいた村人の胸倉《むなぐら》をつかんでいた。

「言いたい放題言いやがって……さっきから何の話をしてやがんだ？」

「うるさい、放せ！」

村人は青ざめ、アブンの手を振《ふ》り解《ほど》こうともがく。

「何だか知らねえが、気に入らないことがあるならはっきり言えや！」

「放せ、と言ってるだろうが！」

叫《さけ》んで男は、アブンの頬《ほお》をしたたかに殴《なぐ》り飛ばした。不意をつかれたアブンは後ろによろめいたが、グレコーの逞《たくま》しい腕《うで》がしっかりと彼を受けとめていた。

「野郎《やろう》……。やり合おうってのか？」

血のにじんだ唇《くちびる》を、拳《こぶし》で拭《ぬぐ》いながら、低い唸《うな》り声をあげる。

「黙《だま》れ！　バケモノめ！」

そう叫《さけ》びながら、誰かが、石を投げつけてくる。ほかの村人たちも、口々に罵《のの》り声《し》をあげながら、一斉《いっせい》にそれに倣《なら》う。

「さっさと村から出ていけ！」

「いいや、捕《つか》まえて火あぶりだ！」

何でこんな目にあうの？

次々に投げつけられる礫《つぶて》を必死で避《よ》けながらリリスは思った。

昨夜といい、今日といい、何故《なぜ》、こんなひどい目に……？

と、空気を裂《さ》く音がして、額《ひたい》に鈍《にぶ》い痛《いた》みが走った。

投げつけられた石が命中したのだ。

「くっ……」

「リ、リリス!?　大丈夫《だいじょうぶ》か？」

堪《たま》らず、呻《うめ》き声をあげてしゃがみこんだリリスにジョパンニが駆《か》け寄《よ》る。

大丈夫、と答えたかった。しかし、あまりの激痛《げきつう》のため声を出すことすらままならない。

「よくも、てめえら、……もう、堪忍《かんにん》ならねえ」

リリスが傷《きず》つけられたのを見て、飢《う》えた狼《おおかみ》のように口元をゆがませながらアブンが槍《やり》を手に取った。そして、その長い柄《え》を風車のように振り回しながら、大声で叫ぶ。

「殺せるもんなら、やってみやがれ！　その前にてめえらをぶちのめしてやる！　なんつったって俺は槍術《そうじゅつ》の天才って王様から誉《ほ》められたことがあるからなあ！」

「一体、どこの王様だ。そりゃ」

同時にそう言いながらも、グレコーとザブも身を構《かま》える。

「こいつら、とうとう本性《ほんしょう》あらわしやがった」

少し怯《ひる》みながらも村人達は、礫を投げるのをやめようとはしない。

むしろ、農具を握《にぎ》り締《し》めたまま、じりじりと近寄ってくる。

「開き直りやがったな、悪党《あくとう》どもめ！」

「かまわん！　ふんじばって断頭台《だんとうだい》に連れていってやれ！」

「このケダモノどもが！」

「俺達の子供《こども》を返せ！」

まずいよ。

涙《なみだ》を目に浮《う》かべながら、リリスは思った。

何だか分からないうちに、アブン達《たち》も村人達もすっかり頭に血が昇《のぼ》っている。

ジョパンニが必死で双方《そうほう》を制止《せいし》しようとしているが、まるで聞いていない。

「おやめなさい！」

凛《りん》とした声が、広場に響《ひび》いた。

アブンたちも村人たちも、毒気をぬかれたように動きをとめる。

いつの間にか、広場の前には黒い馬車が止まっていた。馬車といってもジョパンニ一座《いちざ》が所有するような無骨《ぶこつ》な幌馬《ほろば》車《しゃ》ではなく、黒い気品のある二頭立ての馬車だ。

御者《ぎょしゃ》が開いた扉《とびら》から、声の主と思《おぼ》しき女性《じょせい》が姿《すがた》を現《あらわ》した。

年の頃《ころ》は三十代半ばと言ったところか。

顔立ちは飛び抜《ぬ》けて美しい、ということはなかったが、今、リリス達を取り囲む連中などには及《およ》びもつかないような品の良さが感じられた。

落ち着いた雰囲気《ふんいき》の白いドレスにほっそりとした身を包み、胸元《むなもと》には地味だが、高価《こうか》そうな宝石《ほうせき》がブローチとして止められていた。

「あなた方は一体、何をしているのですか？　大勢《おおぜい》で人を取り囲むなんて」

責《せ》め立てるというよりは、悲しげな口調で女性は村人たちに問いかけた。

「あー、ええっと、……その、奥様《おくさま》」

先頭に立ちほかの村人達を指揮《しき》していた男が慌《あわ》てふためいて答えた。

「怪《あや》しいやつらが村に入り込んでいるのを見たもんで……」

奥様、と呼《よ》ばれた女性はじっ、とその男の顔を見つめた。たちまち、男はしどろもどろになって俯《うつむ》いた。

「あなたたちが苛立《いらだ》っているのはわかります。けれど、それが証拠《しょうこ》もなく人を傷つけてもよいということにはならないでしょう？　ちがいますか？」

女性の静かな説得に圧倒《あっとう》されたのか、村の男たちはペコペコと頭を下げ、広場から蜘蛛《くも》の子を散らすように去っていった。

「何なんだ、あいつら！　コロッと態度《たいど》をかえやがった！」

唾《つば》を吐《は》く勢《いきお》いでアブンは悪態をつく。

「……申しわけありません。旅の方々」

女性は静かに話しかけた。

「今、この村には込み入った事情《じじょう》がありまして。村人はみんな殺気立っているのです」

「そんなことは知ってらあ」と鼻息を荒《あら》らげるアブン。

「そんなことよりあんたは誰《だれ》だい？　村のやつらのしつけが……」

お前は黙《だま》ってろ、とばかりにグレコーとザブがアブンを押《お》さえつける。

「い、いや、こちらこそ、余計《よけい》な騒《さわ》ぎを」

口ごもりながら、ジョパンニが頭をさげる。

「ご無礼をどうかお許《ゆる》し下さい。……まあ」

目を丸くした女性がリリスに近づいてくる。

「あなた、怪我《けが》をしたのね」

そこでやっとリリスは自分の額《ひたい》に血がにじんでいることに気がついた。

「見せてごらんなさい」

「え、……いいよ」

女性の優《やさ》しい口調に頬《ほお》を赤らめながら、リリスは額を押《お》さえ、後退《あとずさ》りした。

「こんな傷、ほっときゃ治るもん」

「いけないわ。きちんと手当をしなければ。……跡《あと》が残っては大変よ」

言いながら女性は、ハンカチを取り出し、そっとリリスの額に当てる。

そのハンカチからは甘《あま》い香水《こうすい》の香《かお》りがした。何だかぼんやりした気分になり、リリスは女性の顔を見つめた。

そして、女性に微笑《ほほえ》み返され、慌《あわ》てて顔を伏《ふ》せる。

「もしよければ」ジョパンニの方を振《ふ》り返りながら女性は言った。

「こちらのお嬢様《じょうさま》の手当を私の館《やかた》でさせていただけませんか。お詫《わ》びもかねて」

第四話　エスメリア・ルー

1

——私は一体、何をしたんだ。

眼前《がんぜん》に広がる光景を凝視《ぎょうし》しながら、少年は声にならない声でそう自問した。

轟音《ごうおん》を響《ひび》かせながら、腐《くさ》った膿《うみ》のような輝《かがや》きを放つ空。硫黄《いおう》の臭《にお》いをふくんだ生暖《なまあたた》かい風。炎《ほのお》に包まれて燃《も》え上がる町並《まちなみ》。崩《くず》れ落ち、瓦礫《がれき》をまきちらかした塔《とう》。

広場の赤い石畳《いしだたみ》の上に、累々《るいるい》と横たわる人々の屍《しかばね》。男も、女も、そして子供《こども》も、皆《みな》一様に顔を恐怖《きょうふ》で凍《こお》りつかせたまま絶命《ぜつめい》していた。

一匹《ぴき》の蛆《うじ》が、兵士と思《おぼ》しき男の額をゆっくりと這《は》っている。

ぼんやりとそれを目で追いながら、少年は再《ふたた》び同じことを自らに問いかけた。今度はかすれた声で。

「一体……一体、私は何をしたんだ？」

しかし、少年の記憶《きおく》は混乱《こんらん》し、すぐに答えを出すことができない。

覚えていることは、……少年と彼の母親に対する民衆《みんしゅう》の嘲《あざけ》り。

父殺し、そして国王殺しの罪《つみ》を母に告げる剣《けん》のように鋭《するど》い裁判官《さいばんかん》の声。

そして……、火刑《かけい》台にかけられた母の凄《すさ》まじい断末魔《だんまつま》の叫び。

(それから……、それから、私は…)

おぞましい記憶が鮮明《せんめい》な映像《えいぞう》となって脳裏《のうり》に蘇《よみがえ》る。

少年は頭を両腕《りょううで》で抱《かか》え、その場に座《すわ》り込《こ》む。

魂《たましい》の宿らない死者達の視線が、次々に、少年の身体《からだ》に突《つ》き刺《さ》さる。

よくも、殺したな。

もはやこの世のものではない声が、少年の耳の中で響《ひび》く。

よくも、殺したな。

よくも、奪《うば》ったな。命を。幸せを。光を。

よくも、よくも、よくもよくも、よくもよくもよくも……。

返す言葉一つ、見つけることができず、少年は固く耳を塞《ふさ》いだ。恨《うら》みを繰《く》り返す喚《わめ》き声は、やがて、狂《くる》った笑い声へとかわり、渦巻《うずま》き霧散《むさん》していった。

「……王子」かすれた声が、背後《はいご》で聞こえた。

「……そこにいるの？」

「イルマ……か？」

その声にまだ己の胸《むね》の中に暖かいものが残っていたことを感じながら少年は立ち上がった。

そして、全身を蝕《むしば》む脱力感《だつりょくかん》を追い払《はら》いながら、声の主の姿《すがた》を探《さが》す。

瓦礫《がれき》の山の下から白くか細い腕が伸《の》びていることに気がつく。

「待っていろ。今、助ける！」

血を吐《は》くように叫びながら、少年は瓦礫をかき分けはじめた。すぐにも、爪《つめ》が割《わ》れ、指先からはおびただしい血が流れたが、痛《いた》みは感じなかった。

程《ほど》なくして、瓦礫の中から、少年のよく知る少女が姿を現《あらわ》した。

少女の足は押《お》しつぶされ、膝《ひざ》から先は醜《みにく》い肉の塊《かたまり》と変わり果てていた。春の青空のように生き生きとした輝《かがや》きを放っていた瞳《ひとみ》は、血の色に濁《にご》っていた。うっすらとソバカスが浮《う》かぶ愛らしい頬《ほお》からは血の気が失せ、周りの死者と同じく青ざめていた。

「……許《ゆる》してくれ、イルマ」

膝をつき、身を震《ふる》わせながら少年は、少女から目を逸《そ》らした。

涙《なみだ》が、――呪《のろ》われた自分の人生には不要だと思っていたものが、溢《あふ》れ出てくる。

「お前の言うことを聞き入れるべきだった。私の浅はかな行ないが、母を死に追いやった。あげくの果てに、お前まで私はこの手で……」

か細い息遣《いきづか》いを聞きながら、少年は自分の心の中に絶望が沼《ぬま》のように広がってゆくのを知った。その沼は少年の魂《たましい》を捕《とら》え、決して逃《のが》すことはないだろう。未来永劫《みらいえいごう》にわたって。

「……よかった」

イルマと呼《よ》ばれた少女が弱々しい声で言った。

え、と尋《たず》ね返しながら、少年は少女の顔を見つめた。

少年は、そこに信じられないものをみた。

瀕死《ひんし》の少女は、血に染《そ》まった顔に優《やさ》しげな微笑《ほほえ》みを浮《う》かべていた。それは、ひどく弱々しいものだったが、確《たし》かに少女は微笑んでいた。

「本当によかった」もう、一度、少女は言った。

もはや何も映《うつ》さない瞳で少年をしっかりと見上げ、ゆっくりと震える腕《うで》を少年に伸ばす。

震える手が、少年の顔に触《ふ》れる。

この手だけだ。少年は思った。

呪われ、忌《い》み嫌《きら》われ、闇《やみ》に押し込められ続けた私に触れてくれたのは。

少年は、しっかりとイルマの手をにぎり返す。少年の喉《のど》から再《ふたた》び嗚咽《おえつ》が漏《も》れた。ふふっ、

とイルマは悪戯《いたずら》っぽく笑った。

「やっといつもの王子に戻《もど》ってくれた。……王子、あんたがあのまま、元に戻らなかったら、あたし、どうしようかと思った」

そこまで言って、イルマは深いため息をついた。そして、そのまま、動かなくなる。

震える声でもう一度、少年は少女の名を呼んだ。

しかし、――答えはなかった。

少女の亡骸《なきがら》を抱《かか》えたまま、少年は叫《さけ》び声をあげた。どす黒く染まり始めた空に向かって。

そうすることで、己《おのれ》の魂が引き千切られることを食い止めるかのように。

「素晴《すば》らしい」上の方から、男とも女ともつかない穏《おだ》やかな声が聞こえた。

歯を食いしばりながら、少年は顔を上げる。

「さすがは、あの御方《おかた》のお力を受け継《つ》がれた御子《みこ》、といったところですかな」

瓦礫《がれき》の上に、その人物はいた。真珠《しんじゅ》のような光沢《こうたく》をはなつ白衣を、頭からすっぽりとかぶり顔を隠《かく》した男が、――男だろう、恐《おそ》らく――風を背《せ》に受け、静かに佇《たたず》んでいた。

「しかし、また元の中途半端《ちゅうとはんぱ》なお姿に戻るとは……感心できませんぞ」

「マクバ……」

搾《しぼ》り出すような声で、少年は相手の名を言った。

少年が物心ついた時から読み書きを教え、剣術《けんじゅつ》をしこんでくれた人物。少年の祖父《そふ》、——つまり国王からは、宮廷《きゅうてい》つきの魔術師《まじゅつし》として絶対《ぜったい》の信頼《しんらい》を受けていた。

しかし、不思議なことにその経歴《けいれき》を、いや、その白衣に覆《おお》われた素顔《すがお》すら知るものは、王宮には誰《だれ》一人としていなかった。

「マクバ、あなたは……」少年は魔術師に向かって震《ふる》える声でいった。

「あなたは私を騙《だま》していたのか？　あなたを友と信じていたこの私を」

「騙した？　これは心外な」頭巾《ずきん》の奥《おく》で、マクバはくくっ、と声を殺して笑った。

「これは全《すべ》てあなたのために仕組んだこと。私は昔も、今も、そしてこの世界が死にたえるその瞬間《しゅんかん》まであなたの友です。最良にして唯一《ゆいいつ》のね」

「この呪《のろ》われた嘘《うそ》つきめ！」

足下《あしもと》に落ちていた細身の剣《けん》を拾いあげ、少年はマクバに向かい叫んだ。

「貴様《きさま》は絶対に許《ゆる》さない！　そこから降《お》りて私と戦え！」

「生憎《あいにく》ですが、王子。こう見えても私は忙《いそが》しい身なのです」

やれやれというようにマクバはため息を吐《つ》き、さっと片手《かたて》を天にかかげた。

「この国での私の役割《やくわり》は終わりました。あなたという存在《そんざい》を生み出すという大仕事は」

その言葉と同時に、マクバの身体《からだ》は足下から青ざめた炎《ほのお》の輪に包まれていた。炎の輪は、魔術師の身体《からだ》を焼くことなく、するすると上に上がってゆく。

少年は、マクバの身体がつま先《さき》から順に消えてゆくのを見た。

魔法だ。以前、マクバが自分は十数える間に、世界のどこへでも望むところに行くことができると豪語《ごうご》していたのを少年は思い出した。

「待て、逃《に》げる気か！」

「いいえ、王子」胸元《むなもと》まで消えた魔術師は楽しげに言った。

「新たな使命を果たすために、私は再び世界をさすらうのです。……あなたのお父上に命じられるままに」

「父だと？　私に父親などいない！」

そう叫《さけ》び返し、少年は瓦礫《がれき》の山をよじ登り始めた。

この破滅《はめつ》を仕組んだ相手に、せめて一太刀《たち》浴びせてやろうと剣を握《にぎ》り締《し》めながら。

「いいえ。いらっしゃいます」きっぱりとした口調でマクバは答えた。

「我《わ》が主《あるじ》は常《つね》に貴方《あなた》のそばにいらっしゃいます。目にすることはかないませんが、そこら中に我が主の気配がします。王子、あなたも本当は理解《りかい》されているはずだ」

哀《あわ》れむようにマクバは首を傾《かし》げてみせる。

しかし、少年は魔術師《まじゆつし》の言葉をもはや聞いてはいなかった。

どうにか瓦礫の山によじ登り、青い妖火《ようか》とともに消えてゆくマクバの顔めがけ、大きく踏《ふ》み込《こ》み、気合いの声をあげながら剣を突《つ》き出す。

しかし、次の瞬間、少年の身体は見えない力に弾《はじ》き飛ばされ、石畳《いしだたみ》の上に激《はげ》しく打ち付けられていた。

「もし、よろしければ……私を追いかけてごらんなさい。まあ、今のあなたでは決して私を捕《とら》えることなどできないでしょうが」

地に背中《せなか》を打ち付けられたまま少年は、勝ち誇《ほこ》ったようなマクバの笑い声を聞いた。

笑いたければ、好きなだけ笑うがいい。

歯を噛《か》み締《し》めながら、少年は誓《ちか》った。

何年、いや、何十年かかろうとも——必ず、貴様を、追いつめる。

薄闇《うすやみ》の中、木の枝《えだ》の上でヴァロフェスは目を覚ました。彼の動きに驚《おどろ》いたのか、近くで眠《ねむ》っていた小鳥達《たち》が騒《さわ》がしく飛び立つ。

「よお、お目覚めかい?……もう、朝だぜ」

頭上の木の枝から、底意地の悪そうな声が聞こえた。

「結局、俺《おれ》一人で見張《みは》ってやったんだ。感謝《かんしゃ》しろよな」

ヴァロフェスは声のした頭上を見上げた。そこには一体の木偶人形《でくにんぎょう》が、木の枝に、背中を引っかけられて吊《つ》るされていた。

「なあ、ヴァロフェス。一つ聞かせろよ」

人形は吊るされたまま、両目をクルクルと回す。

「イルマって誰《だれ》のことよ?……昔の女か?」

けけけっ、と下卑《げび》た声で笑い立てる。

それを無視《むし》して、ヴァロフェスは胸元《むなもと》に手を当てた。

しかし、……

——ない。

手袋《てぶくろ》をはめた手が空しく宙《ちゅう》を掻《か》いた。

この十年間、肌身《はだみ》放さず持ち歩いていたものがそこにはなかった。

わずかに口元を歪《ゆが》ませ、ヴァロフェスはゆっくりと夜の明けてゆく下界を見下ろした。

それは一見、平和な光景だった。

宝石《ほうせき》のように鮮《あざ》やかな緑の丘陵地帯《きゅうりょうちたい》に朝日が差し込んでいる。

農家からは鶏《にわとり》の鳴き声が聞こえ、羊の群《む》れが放牧されるのが見える。

起床《きしょう》したばかりの住人達《たち》の息遣《いきづか》いや話し声が微《かす》かだが聞こえてくる。

「……俺様には、どこにでもある村にしか見えないんだがな」

吊るされたまま、木偶人形——オルタンが言った。

「昨夜も結局、何も起こらなかったみたいだしよ。本当にこの村に……いるのかよ？　アレが」

「ああ。間違《まちが》いない」

低い声でヴァロフェスは答えた。

「村全体に独特《どくとく》の臭《にお》いが漂《ただよ》っている。——『叫《さけ》ぶ者』特有の腐臭《ふしゅう》がな」

「臭い、ねえ」

穴《あな》のない鼻を鳴らし、オルタンが呆《あき》れたように呟《つぶや》いた。

「俺様にはさっぱりだね。……ま、死なねえ程度《ていど》にがんばってくれや、兄弟」

「死ぬな、だと？」ヴァロフェスは自嘲《じちょう》の笑《え》みを浮《う》かべて答えた。

「もう遅《おそ》い。私は……すでに死人だ」

2

「一人で練習してたんだ。……見ててよ、リリス」

緊張《きんちょう》した面持《おもも》ちでタックは色鮮《いろあざ》やかな三つのボールを手にとった。そして、深く息を吸《す》って、意識《いしき》を集中させ、宙に向かってボールを投げる。

「あ……駄目《だめ》だあ」

タックの投げたボールは一つとして受けとめられることなく、悲しげな音を立てて川原に転がった。

「さっきはできたのに。……おかしいな」

「おかしくないよ。いきなり、三つから始めるなんて欲張《よくば》りすぎ」

川の水辺で芸人達の衣装《いしょう》を洗いながら、リリスは言った。

「ちゃんとした芸を身につけたいなら、基本《きほん》の訓練からはじめなきゃ。座長《ざちょう》にいつもそう言われてるだろ?」

「でもぉ」と幼《おさな》い少年は口を尖《とが》らせる。

「アブンは『生まれた時から、俺は槍《やり》の達人だった!』て……」

「……嘘《うそ》だよ、あいつの言うことは」

首を振《ふ》りながら、リリスは立ち上がった。

「それはそうと……」落とした玉を拾い集めながら、タックは森のほうに目を向けた。

「座長たち、今日も帰ってくるの遅《おそ》いのかなあ」

さあね、とため息混《いきま》じりに答え、リリスは洗濯桶《せんたくおけ》を抱《かか》えて立ち上がった。

この村、翠玉《すいぎょく》が丘《おか》に到着《とうちゃく》してから三日、一座は橋の下で、——川原で生活を続けている。

しかし、その間、リリスは一度も人前で芸を披露《ひろう》することはなかった。これと言ってやることもなく、退屈《たいくつ》な時間をリリスはただボンヤリと過《す》ごしていた。

「今、この村の人達は娯楽《ごらく》を楽しむような状態《じょうたい》にありません。もちろん、私も含《ふく》めて」

村人達が異常《いじょう》なまでに殺気だっている理由を説明してくれたのは、この村の領主《りょうしゅ》の夫人、エスメリア・ルーという女性《じょせい》だった。

傷《きず》を負ったリリスの額《ひたい》に外傷用《がいしょうよう》の軟膏《なんこう》を塗《ぬ》ってくれながら、ルー夫人は言った。

「旅の方々にこんな話をするのは気が引けるのですが……。実は村の子供《こども》達が次々に姿《すがた》を消しているのです。それも、先日いなくなった子を合わせて十人を越《こ》えてしまいました」

それは何の前触《まえぶ》れもなく、突然《とつぜん》に始まった。

ある男の子は、村外れにある共同墓地《ぼち》の付近で友達と探検《たんけん》ごっこをしている最中に忽然《こつぜん》と姿を消した。

また、別の子は庭から逃《に》げ出した鶏《にわとり》を追いかけて、そのまま、森に消えてしまった。鶏は翌日《よくじつ》、無惨《むざん》に引き千切られた姿で、その家の屋根の上に投げ捨《す》てられていた。

言葉もロクにしゃべれず、歩くことすらままならない赤子は、母親が風で吹《ふ》き飛んだ洗濯物を拾い集める間に、ゆりかごからいなくなっていた。

そして、つい先日、いなくなった女の子は、夕食の際《さい》、両親が目を閉《と》じて、その日の糧《かて》を与《あた》えてもらったことを神々に感謝《かんしゃ》している間に声もなく消えていた。彼女のテーブルには、一口も手をつけていないスープの皿が残されたそうだ。

このように子供たちは、まったく違《ちが》う場所、時間、状況《じょうきょう》の中で姿を消していた。

唯一《ゆいいつ》、共通しているのは村人たちが連日、彼らの行方《ゆくえ》を血眼《ちまなこ》になって捜索《そうさく》しているにも拘《かかわ》らず、子供たちの姿はおろか、靴《くつ》一つ見つかっていないということだ。

この不気味な出来事に村人達は、数年前、悪さを働き、息子《むすこ》ともども森に追い払《はら》われた女占《うらな》い師《し》が、自分達を逆恨《さかうら》みし、悪魔《あくま》に魂《たましい》を売り払って魔女になったのでは、と噂《うわさ》しあった。

そして、次は自分の子供がいなくなるのでは、と怯《おび》えた毎日を送っているという。

正直なところ、この話を聞かされた時、リリスは鳥肌《とりはだ》が立つのを覚えた。

魔女など大人が幼い子供に言うことを聞かせるための作り話か、さもなくばペテン師の一種だと考えていた。

少なくとも、あの森で奇《き》怪《かい》な一夜を明かすまでは。

「……わかりました、奥様《おくさま》。皆《みな》さんは大変な心労を重ねておられたのですね」

森の出来事を話すべきかとリリスが迷《まよ》っているうちに、ジョパンニが涙《なみだ》ぐんで言った。

「私たちは人様を喜ばすことを生業《なりわい》としている芸人です。ぜひ、子供たちの捜索に私どもを使ってください」

すぐさま、アブンがええっ、と抗議《こうぎ》の声をあげたがまるで相手にされなかった。男気を発揮《はっき》した時のジョパンニは世界中の誰よりも頑固《がんこ》だった。


「リリス。……リリスってば」

袖《そで》をタックに引っ張られ、リリスははっと我《われ》に返った。

「お客さんが来てるよぉ」

タックの後ろから下男風の男が現《あらわ》れ、帽子《ぼうし》の鍔《つば》を少しさげて挨拶《あいさつ》した。男はルー夫人からの使いだ、と名乗った。

「これは奥様からの贈《おく》り物です。どうか、お受け取り下さい」

そう言って、ずっしりと重い革《かわ》の袋《ふくろ》を手渡《てわた》してくる。覗《のぞ》いてみると、袋の中には、金貨《きんか》がぎっしりと詰《つ》まっていた。

「ちょっと、待って！　これ、何？」

慌《あわ》ててリリスは、立ち去ろうとした下男の袖を摑《つか》んで尋《たず》ねる。

「は？　金貨ですが？」

「そんなの見りゃ分かるよ。何のお金かって聞いてんの」

「それは……、みなさんに子供捜《さが》しに協力して頂《いただ》いているお礼かと……」

「困《こま》るよ、コレ」眉《まゆ》をひそめながらリリスは言った。

「ウチの座長《ざちょう》はああ見えて結構《けっこう》、頑固でね。芸をした後でしか人様からお金は頂かない主《しゅ》義《ぎ》なんだ。このまま、受け取ったら、あたしが怒《おこ》られちゃうよ」

恐《おそ》らく芸人のグレコーとザブもそうだろう。彼らはお世辞にも上品とは言えないが、自分たちの芸に対するプライドは高い。酒さえ飲めれば幸せなアブンは例外だが。

男は困惑《こんわく》気味にリリスを見つめながら、頭をかいた。

「しかし、……返されても私も困るんですが」

「分かったよ、おじさん」リリスは肩《かた》をすくめて言った。

「とりあえず、今、貰《もら》う。で、すぐ奥様に返しにいく。それなら問題ないよね？」

3

ジョパンニから聞かされた話だと、ルー家は戦《いくさ》に敗れ、没落《ぼつらく》した貴族《きぞく》の末裔《まつえい》であるという。その一族は百年ほど昔、家臣やその家族とともにこの丘陵地帯《きゅうりょうちたい》に住み着いたらしい。

貴族の館《やかた》にしては、ルー夫人の家はさほど大きくないように思えた。

しかし、壁石《かべいし》には美しい大理石が用いられており、成り上がりの豪商《ごうしょう》の屋敷《やしき》などでは感じられない落ち着きがあった。

屋敷を訪《たず》ねたリリスは、呼《よ》び鈴《りん》をならして玄関《げんかん》に出てきた使用人に金貨を突《つ》っ返して帰ろうと思っていた。

が、使用人は彼女を引き留《と》め、半ば強引《ごういん》にリリスを屋敷の中に連れ込んだ。

そして、やはり派手《はで》さはないが高価《こうか》な調度品の置かれた客間に通される。

勧《すす》められるままに、リリスは椅子《いす》に腰《こし》をかけた。柔《やわ》らかい肌触《はだざわ》りの椅子は、普段《ふだん》、固い床《ゆか》の上で寝《ね》慣れているリリスには居《い》心地《ごこち》が悪かった。

あーあ。我ながら情《なさ》けないな。

背中《せなか》をもじもじさせながら、リリスは思った。

没落したとは言え、やはり貴族の館だ。

あたしのような旅回りの芸人をしている小娘《こむすめ》など場違《ばちが》いだ。この館に入れてもらったのは二度目だが、その感想は前と同じだった。こんな時は、無神経《むしんけい》な人間がうらやましく思える。アブンなどはこの館の絨毯《じゅうたん》の上に寝そべり、鼻をほじっていた。

「わざわざごめんなさいね」

小さな声で言いながら、穏《おだ》やかな微笑《ほほえ》みを浮《う》かべた女性《じょせい》、――ルー夫人が部屋の中に入って来た。

リリスは思わず、椅子から立ち上がった。夫人は柔和《にゅうわ》な顔を少し曇《くも》らせながら言った。

「あなた達が自分の仕事に誇《ほこ》りをもっていることは分かっていたはずなのに……。失礼なことをしてしまって……」

「い、いや、そんな大げさな話じゃなくて」

物静かなルー夫人の口調にリリスは冷や汗《あせ》をかいていた。

「お金を貰《もら》うなら興行《こうぎょう》をうった後のほうが、スッキリしていいかなって」

それにしたって、さっきのお金は貰い過ぎだったけど。あんなに沢山《たくさん》の金を一度に手にしてしまえば、アブンなど死んでも気がつかない程《ほど》、酔《よ》い潰《つぶ》れるにちがいない。

「よかった」

ルー夫人の口から、安堵《あんど》のため息が漏《も》れる。夫人の柔《やわ》らかな手が、リリスの小さな手に触《ふ》れた。

「本当のことを言うとね。少し不安だったの。あなたが怒《おこ》っているんじゃないかって」

思いがけない言葉に、リリスは目を丸くして答える。

「そ、そんな、怒るだなんて……。だいたい、あたし達、奥様《おくさま》が助けてくれなきゃヤバかったしさ。え、ええっと、それから、これ……」

言いながらリリスは懐《ふところ》からハンカチを取り出した。リリスの止血をするために、ルー夫人自らが手当に使ったハンカチだ。

「これも返すね。どうにか汚《よご》れを落とせたから」

「まあ。そんなことに気を使ってくれなくても良かったのに……」

「ううん。こんな奇麗《きれい》なハンカチ、わたしの血を付けたままにするなんてもったいない。……ね？　奇麗になったでしょ？」

得意気に微笑みながら、リリスはハンカチを夫人に広げて見せる。

と、ルー夫人の瞳《ひとみ》が潤《うる》んだ。涙《なみだ》が一筋《ひとすじ》、彼女の白い頰《ほお》を伝って落ちた。

「ど、どうしたの？」

突然《とつぜん》のことに、リリスは動揺《どうよう》した。

ルー夫人は、椅子《いす》に座《すわ》ったまま両手で顔を覆《おお》った。か細い肩《かた》が小刻《こきざ》みに揺《ゆ》れる。

「ちょっと、……奥様、どうしちゃったの？」

夫人が泣いていることに気がつき、リリスは動揺しながら、彼女に歩み寄《よ》った。

「わたし、何か悪いこと言った？」

「そうじゃないの」

低く嗚咽《おえつ》をもらし、首を振《ふ》りながら、ルー夫人は言った。

「娘《むすめ》を思い出して……わたしの娘も、生きていればあなたと同じ年頃《としごろ》だったの……」

「え？」

「昨年の夏、森の池で主人と一緒《いっしょ》に船遊びをしていて……。船が転覆《てんぷく》してしまって……わたしは何もできなかった……。あの子は、ソフィアは何度も助けを求めていたのに……」

すすり泣くルー夫人を前にリリスは言葉を失った。

暖炉《だんろ》の上に飾《かざ》られた大きな肖像画《しょうぞうが》に目を向ける。それは家族の肖像だった。

ルー夫人と彼女の夫らしい穏《おだ》やかそうな男性、そして二人の間ではにかんだ笑《え》みを浮《う》かべるルー夫人とよく似《に》た顔立ちの女の子の姿《すがた》が描《えが》かれていた。

可愛《かわい》い子だな。

暖かいものが胸の中に広がるのを感じながら、リリスはそう思った。優《やさ》しい両親に守られ、幸せな家庭で育てられた子だけが浮かべることのできる笑顔だ。

しかし、その幸せだった家庭はもろくも崩れ去ってしまった、とルー夫人は語った。

彼女の夫も、溺《おぼ》れたせいで悪質《あくしつ》な風邪《かぜ》をこじらせ、娘の跡《あと》を追うようにこの世を去った。

たった、一人、リリスの目の前ですすりなく気の毒な女性を残して。

「……見苦しい姿を見せてごめんなさいね。あなたと話していると……何だか、娘が帰ってきたような気がして……」

涙《なみだ》を指で拭《ぬぐ》い、ルー夫人は続けた。

「娘を亡《な》くした私と同じように悲しい思いをする人が大勢、出るかもしれないと思うと、私は気が狂《くる》いそうで……」

膝《ひざ》の上にのせられた白い手が、小刻みに震《ふる》えている。

「大丈夫《だいじょうぶ》だよ、奥様《おくさま》」思わず、その手をとってリリスは言った。

「うちの芸人達はああ見えても、みんな、かなりの修羅場《しゅらば》をくぐってきたキレモノ揃《ぞろ》いなんだ。いなくなった子たちは、絶対《ぜったい》、無事な姿で見つかるって。だから、奥様も元気出さなきゃ……」

「そうね、ごめんなさい」

懸命《けんめい》なリリスの口調にルー夫人は白い指で涙を拭いながら詫《わ》びた。

「あなたのお父様達も子供《こども》達の捜索《そうさく》に協力して下さっているんだものね」

「……座長《ざちょう》はあたしの父親じゃないよ」リリスは苦笑《くしょう》した。

「座長は路地裏《ろじうら》で死にかけているあたしを拾ってくれた恩人《おんじん》。……まあ、育ててくれてるから同じようなもんだけど」

「まあ……」目を丸くしながらルー夫人は手を口に当てた。

「じゃあ、リリス。あなたのご両親は……？」

「親父《おやじ》が誰《だれ》かは……知らない。母ちゃんはあたしが五つの頃、流行《はや》り病《やまい》で死んじゃった」

少し言葉を切り、リリスは目を伏《ふ》せた。

「その時のことは、あんまり覚えてないけどね」

と、ルー夫人が立ち上がった。

静かにリリスに歩み寄り、彼女の小柄《こがら》な身体《からだ》を優《やさ》しく抱《だ》きしめる。

「自分のことばかり話してごめんなさいね、リリス」震える声でルー夫人がまた詫びた。

「悲しい思い出があるのはあなただって同じなのに」

抱きしめるルー夫人の腕《うで》の力が強くなる。

「うん。……いいよ、別に」

小さく答え、リリスも震える女性《じょせい》の腕を抱きしめ返した。胸《むね》の中に暖《あたた》かいものがふたたび込《こ》み上げるのを感じた。

4

ああ、あたしはアホだ。アホだったんだ。

ひょっとしたら、アブンよりアホかも知れない。

夕日に赤く染《そ》まった丘《おか》の道を、少女は深いため息を引き摺《ず》りながら下っていった。

自己嫌悪《じこけんお》と後悔《こうかい》の念が、重い鉛《なまり》のように彼女の心にのしかかってくる。ルー夫人に向かって言った浅はかな言葉の一つ一つが思い出される。

何が大丈夫《だいじょうぶ》、だ。

何が、奥様《おくさま》も元気だして、だ。

川原に残って、毎日、洗濯《せんたく》をしていただけの人間がいう台詞《せりふ》じゃない。

それにリリスは自分が大嘘《おおうそ》をついたことを思い出した。

『うちの芸人達《たち》は、みんな、キレモノ揃《ぞろ》いなんだ』

キレモノどころか、アブンを筆頭にアホばかりだ。

いつだったか、彼らが、酒の席で厚《あつ》い友情《ゆうじょう》を誓《ちか》いあっているのを見たことがある。

その誓いとは確《たし》か、こんなものだった。

『一つ。分かりあう前に殴《なぐ》りあおう。

一つ。考える前に走り出そう。

一つ。語りあう前に怒鳴《どな》りあおう』

駄目《だめ》だ、こりゃ。

リリスは頭痛《ずつう》を覚えた。

そして、胸の内で激《はげ》しく自分を責《せ》め立てる。

どうすんだ、本当に。無責任《むせきにん》なあたしの言葉が、あの優《やさ》しい女の人の気持ちを裏切《うらぎ》る結果になっていたら……。

でも、どうしようもなかったんだ。

リリスはのろのろと自分に言い訳《わけ》をした。

どうしても、ルー夫人を元気づけたかったんだ。そうしなきゃいけない。そう思った。

それと突然《とつぜん》、抱《だ》きしめてきたルー夫人の腕《うで》の感触《かんしょく》……。

無論《むろん》、親代わりのジョパンニは優しいし、よく、頭を撫《な》でてくれたりもするが、ルー夫人の抱擁《ほうよう》とは根本的に何かが違《ちが》う気がした。

それが母親のぬくもりと言うものなのだろうか？

……いや、今、そんなことを考えている場合じゃない。

ボンヤリしかけた頭をふりながら、リリスは思った。

魔女《まじょ》だか何だかをなんとかして、この村を襲《おそ》う怪事件《かいじけん》を解決《かいけつ》させなきゃいけない。

だから、それがアホの考えだっつーの。

意地の悪い声が頭の隅《すみ》で小さく響《ひび》く。たかが、旅芸人の小娘《こむすめ》に何ができる？

「ああ、もう、どうすりゃいいんだろっ」

声に出しながら、リリスは立ち止まった。

無論、誰も答えてはくれない。またため息をつきながら、リリスは道の横に立てられた白い柵《さく》を見た。

その向こうにはいくつもの墓《はか》が、整然と並《なら》んでいた。どうやら、村の共同墓地《ぼち》らしい。

その端《はし》に木が茂《しげ》り、森につながっているようだった。

ぼんやりと夕日に輝《かがや》く墓石を見つめながら、リリスは思った。

この墓地のどこかに、ルー夫人の娘と旦那《だんな》さんが眠《ねむ》っているのだろう。二人は、いや、死んだ娘はどう思っているのだろう。

見ず知らずの旅芸人に自分の面影《おもかげ》を見る気の毒な母親を。

と、墓石の陰《かげ》から、何かがスクッ、と起き上がった。

思わず、リリスは息を呑《の》む。

鳥の羽根のようなマントが風にそよぎ、鋭《するど》い嘴《くちばし》が血のような赤に染《そ》まっている。鴉男《からすおとこ》だ。酒場で出会い、森で助けてくれた鴉男が、黒い張《は》り絵のように、墓石の前でかがみこんでいた。

そして、何やら呟《つぶや》いている。

その姿《すがた》からただならぬ気配を感じ、リリスは思わずしゃがみ、身を隠《かく》していた。

「そうか。……違《ちが》うのか。……じゃない。ここに……は安らげる者のみか……」

鴉男の独言《ひとりごと》にリリスは耳を傾《かたむ》ける。

内容《ないよう》はよく聞き取れはしなかったが、鴉男の口調は納得《なっとく》しているようでもあり、ひどく腹《はら》を立てているようでもあった。

と、突然《とつぜん》、鴉男が立ち上がった。

そして、マントを翻《ひるがえ》し、疾風《しっぷう》のような速さで茂みの中に走り去った。

リリスは胸《むね》の中に言い知れぬ不安があふれ出てくるのを感じた。

今のは一体、何だったのだろう？

何だか見てはいけないものを見たような気がする。

しかし、とリリスは思い直す。

彼は、あの鴉男はあたしとタックを助けてくれた。どんな悪夢《あくむ》にも見なかったようなおぞましい怪異《かいい》から。

もしかしたら……。

リリスは立ち上がった。

そして、墓地の中に足を踏《ふ》み入れる。

墓石を横切り、そのまま、鴉男が去ったと思われる茂みに向かって行く。

もしかしたら、あの夜のように、この村も助けてくれるかもしれない。
決意に唇《くちびる》を嚙《か》み締《し》め、少女は森へと続く小路《こみち》に足を踏み入れた。

第五話　廃屋《はいおく》

1

夕闇《ゆうやみ》に染まった森の小路《こみち》を黒衣の男は音もなく進んだ。

西の山岳《さんがく》が血のように赤く染まり、草叢《くさむら》では兎《うさぎ》をくわえた狐《きつね》が、用心深そうな目つきで、巣穴《すあな》へと戻《もど》ってゆく。

その赤光《しゃっこう》の中、男は、数日前に見つけた廃屋の前にたった。

丸太を組み、藁《わら》を屋根にした小さな家だ。損傷《そんしょう》が激《はげ》しく、あちこち崩《くず》れかけている。

扉《とびら》にはすっかり干《ひ》からびた馬の糞《ふん》が塗《ぬ》りたくられていた。それは、村や街から追放され、永久《えいきゅう》に戻《もど》ることを禁《きん》じられた者の住居《じゅうきょ》であることの証《あかし》だ。

男は錆《さ》びかけた扉の把手《とって》を回し、廃屋の中に足を踏《ふ》み入れた。

つん、と湿《しめ》った黴《かび》の臭《にお》いが漂《ただよ》ってくる。しかし、それを気にかけることなく男は、穴の開いた床板《ゆかいた》を用心深く進み、テーブルのそばの安楽椅子《いす》に歩み寄《よ》った。

男が初めてこの廃屋に足を踏み入れた時、椅子には一体の遺体《いたい》、——恐《おそ》ろしく年をとった女の屍《しかばね》が横たわっていた。そして、その周囲には、嗄《しゃが》れた泣き声をあげながら飛び回る彼女の死霊《しりょう》の姿があった。

生前、老婆《ろうば》は、占《うらな》い師《し》か何かだったらしく、首や手には幸運を招《まね》くとされる伝統的《でんとうてき》な「お守り」の石が、幾《いく》つもぶら下げられていた。

もっとも、その効力《こうりょく》は疑《うたが》わしかったが。

老女が追放された理由は、大方、他人の家畜《かちく》に呪《のろ》いをかけた、とか、妻子《さいし》持ちの男に魔《ま》法《ほう》をかけ誘惑《ゆうわく》した、といった疑いを周囲の人間に抱《いだ》かれたことだろう。

あるいは、人々の機嫌《きげん》を損《そこ》なうような、都合の悪い卦《け》を立ててしまったか。

男は、老婆の干からびた亡骸《なきがら》をこの家の裏手《うらて》、——老婆の家族のものと思《おぼ》しき、墓の隣《となり》に埋《う》めた。それが老婆の死霊をこの世への未練から解《と》き放ったようだった。

男は、耳元で泣き喚《わめ》く嗄れ声からようやく解放され、静かな隠《かく》れ家《が》を確保《かくほ》することができた。

ゆっくりと安楽椅子に腰《こし》を下ろし、男はため息をついた。

ぼんやりした夕日が、ヒビだらけの天井《てんじょう》を照らしている。蜘蛛《くも》の巣がかかり、今にも崩れ落ちそうな梁《はり》の上をネズミの親子がせわしそうに走ってゆく。

「お、ヴァロフェスか。お帰り」

テーブルの上に腰を下ろしていた人形、オルタンがパカッと木製《もくせい》の目蓋《まぶた》を開いた。

「偵察《ていさつ》、ご苦労さん。……で、どうだ？　何か分かったか？」

木偶人形《でくにんぎょう》の問いに、男はただ、静かに首を振《ふ》る。

「そうか。――それにしても、ここは陰気《いんき》くせえな」

目玉を回して、小屋の中を眺《なが》めながらオルタンは言った。

「まあ、お前にとっちゃ、人の寄りつかねえ都合のいい隠れ家だろうが……。俺様《おれさま》みたいに繊細《せんさい》な心の持ち主は、気が滅《め》入《い》っちまう」

「……騒《さわ》がしい所は嫌《きら》いだ」

低い声で男、――ヴァロフェスが答えた。

「ここは……子供《こども》の頃《ころ》、暮《く》らしていた場所によく似《に》ている」

「へえ。やっぱり、お前、閉《と》じ込《こ》められて育ったのか」

興味深《きょうみ》そうに、オルタンが目を回した。

「なあ、聞かせろよ。……お前、旅に出る前はどんな生活してたんだ？」

人形の問いかけに、微《かす》かに、仮面《かめん》の下の口元がひきつった。が、ヴァロフェスは、深く椅子《いす》に身体《からだ》を沈め言った。

「お前に……話す義理《ぎり》はない」

「そう嫌うなよ。俺様とお前の仲じゃねえか。……そうだな、例えば」

ひひっ、とオルタンはやらしく笑った。

「可愛《かわい》いイルマちゅわんとはどうだったんだ？　夢《ゆめ》にまで出てくる女……」

なんだろ、というオルタンの問いかけは途切れた。

疾風《しっぷう》のように起き上がったヴァロフェスの右手が、人形の木製の喉《のど》を摑《つか》んでいた。

「一度しか言わない、小悪党《こあくとう》」

ぐええ、っと汚《きたな》いあえぎ声を漏《も》らすオルタンを仮面の奥《おく》の暗い瞳《ひとみ》が射貫《いぬ》いた。

「イルマの名を二度と口にするな。……分かったか」

低く、有無《うむ》をいわさぬ口調だった。そして、人形の返事をまたず、ヴァロフェスはテーブルの上に投げ捨《す》てた。

「ひ、ひでえヤッだ。身動きできねえ俺様に何てことをしやがる……」

手足を投げだし、苦しげにオルタンが抗議《こうぎ》の声をあげた。

「お前、きっとろくな死に方しねえぞ」

「ああ」淡々《たんたん》とした口調に戻《もど》ってヴァロフェスが答えた。

「知っている」

人形が何か言い返そうと口を開きかけた時、扉《とびら》を叩《たた》く音がした。

「今晩《こんばん》はーっ」

意外なまでに明るい声が外から聞こえた。

「ここに黒い鳥みたいな衣装《いしょう》の人が……」

素早《すばや》くヴァロフェスは扉を開いた。

そして、玄関《げんかん》に立っていた小柄《こがら》な少女の肩《かた》を摑み、中に引き入れた。

2

悲鳴をあげる暇《ひま》もなかった。扉が僅《わず》かに開いたと思った途端《とたん》、リリスは今にも朽《く》ち果てそうなボロ屋の中へと引き摺《ず》りこまれていた。

「痛《いた》い、痛い！　何すんだ！　ちょっと……」

抗議の声を上げ、相手を見たリリスは言葉を途切れさせた。

「あ……」

夕闇《ゆうやみ》のぼんやりした明かりの中で黒ずくめの男、——鴉男《からすおとこ》が仮面《かめん》の中から目を光らせてこちらを見ている。

何か言わなきゃ。リリスは焦《あせ》った。

しかし、すぐに言葉が出てこない。

「おやおや、どこかで見た小娘《こむすめ》ちゃんじゃねえか」

テーブルの上から、甲高《かんだか》い声が響《ひび》いた。

思わず後退《あとずさ》るリリスの目に、燕尾服《えんびふく》の木偶人形《でくにんぎょう》が映《うつ》った。

「あ、あんた……」

「オルタンだ」片目《かため》を閉じて、——ウィンクのつもりらしい——人形が言った。

「男らしい、いい名前だろ?」

「……なぜ、ここが分かった?」

人形を無視《むし》して、鴉男が尋《たず》ねた。

一瞬《いっしゅん》、リリスはたじろいだ。男の口調は静かだったが、得体の知れぬ凄味《すごみ》のようなものが感じられた。

……素直《すなお》に答えよう。

リリスはそう思い、言った。

「それは……あんた…鴉男さんが墓場《はかば》にいるのを見て……」

「あれま、尾行《びこう》されたのかよ!」テーブルの上でオルタンが意地悪そうに笑った。

「こんな小娘に尾《つ》けられるたあ、お前もヤキが回ったたな」

「リリス、だよ」ムッとしてリリスは言った。

「小娘、じゃない」

「黙《だま》っていろ、オルタン」黒ずくめの男が鋭《するど》く人形に命じた。

「鴉男という呼《よ》ばれ方は好きじゃない。……ヴァロフェスだ」

言いながら、緩慢《かんまん》な動きで安楽椅子《いす》に腰《こし》を降《お》ろす。

（じゃあ、その衣装《いしょう》や仮面《かめん》は何なんだよ）

リリスはそう思ったが、あえて顔には出さなかった。かわりに黙ったまま、スカートのポケットから貝殻《かいがら》の首飾《くびかざ》りを取り出す。

鴉男、いや、ヴァロフェスの身体《からだ》が一瞬、震《ふる》えたように思えた。

「それは……」

「やっぱり、あんたのだったんだ」言いながらリリスは相手の掌《てのひら》に首飾りを載《の》せた。

「拾っといて良かった。……ずっと気になってたんだ」

「……貰《もら》いものだ」

ヴァロフェスは暫《しばら》く掌の中のものを見つめ、——そっと、それを懐《ふところ》に納《おさ》めた。

「あのう……座《すわ》ってもいい？」

黙りこくったヴァロフェスにリリスは、上目遣《づか》いに尋ねた。答えはなかったが、見返す仮面の奥《おく》の瞳《ひとみ》には拒絶《きょぜつ》の色はなかった。

リリスが椅子に腰を落ち着けるのを待って、ヴァロフェスが言った。

「……で、何か用なのか？」

リリスは口ごもった。言わなければならない事は山のようにある。

「あの……森であたしとタックを助けてくれたでしょ？　まずはそのお礼が……」

「別に礼を言われる筋合《すじあ》いじゃない」吐《は》き捨《す》てるようにヴァロフェスが、口を挟《はさ》んだ。

「君達《きみたち》を救ったのは、……仕事のついでだ」

「え？　仕事？」

ついで、という言葉に引っかかりながらも、リリスは問い返した。

「そういうこった、リリスちゃん」ケラケラとテーブルの上の人形が笑った。

「こいつぁな、——お前さんを襲《おそ》った連中と同類のやつらと年がら年中、殺し合ってやがるんだぜ。飽《あ》きもせず、世界中のあっちこっちでな」

「連中って……人の顔をした狼《おおかみ》のこと？」

「アレはその中でも最低だ。……醜《みにく》すぎる」

ぼそり、とヴァロフェス。

「その前に出会った者もひどかったが……。単体だった分、まだマシだ」

「ちょ、ちょっと、待って」リリスは相手の言葉を遮《さえぎ》った。

「わたしも、あんたの、——あんた達の言うこと、さっぱり分からない……」

「『分からない』ってのは全く幸せなこったな」オルタンが歌うように言った。

「世の中には分からない方が幸せなことが山のようにあらあ。……だろ、ヴァロフェス？」

おどけた人形の口調に、ヴァロフェスが沈黙《ちんもく》で答えた。

もどかしい会話に、少々、リリスは苛立《いらだ》ちを覚えた。

「じゃあ、あんた達はさぞ色んなことを知っているんだろうね」

「……ああ」

「だったら！」どうでも良さそうなヴァロフェスの返事に、ここぞ、とリリスは力を込《こ》めて言った。

「この村の人達を助けてよ。この村は今、大変なことになってるんだから」

リリスは村の子供《こども》たちが次々と姿《すがた》を消していることを話した。そして、村の責任者《せきにんしゃ》でもあるルー夫人がその事で深く心を痛《いた》めていることも。

リリスの話が終わると、ヴァロフェスはくくっ、と唇《くちびる》を歪《ゆが》めた。

そして、声をあげて笑い始める。

その何の感情《かんじょう》もこもらない冷たい笑い声に、暫《しばら》くリリスは声もなく身を強《こわ》ばらせた。減《へ》らず口を叩《たた》いていたオルタンも、死んだように沈黙している。

「……失礼」

ぴたり、と笑うのを止め、ヴァロフェスが言った。

「君とよく似《に》た娘《むすめ》を思い出してね。……そんな薄気味《うすきみ》の悪い、しかも他人のゴタゴタに首を突《つ》っ込みたがるお人好《ひとよ》しが、他《ほか》にも世の中にいたとはね」

「なっ……」リリスは言葉を詰《つ》まらせた。

不安な気持ちで跡《あと》をつけてきたのではあるが、このような反応《はんのう》は予想していなかった。

「……やめときな、お嬢《じょう》ちゃん」

突然《とつぜん》、オルタンが言った。先程《さきほど》とはうって変わり真摯《しんし》な口調だった。

「親切で言ってやる。こいつ、――ヴァロフェスみたいな得体の知れないヤツが出入りする土地に深入りするのはよしな。……関係もないのにどんな貧乏籤引《びんぼうくじ》かされるか、わかったもんじゃねえ」

「関係ない、なんて言い方ないでしょ」

突き放すようなオルタンの言葉に、カチンとしながらリリスは言い返した。

「世の中に起きたことで、自分と無関係なことなんか何もない。うちの座長《ざちょう》はいつもそう言ってるもん」

言いながら、リリスはルー夫人の事を思い出していた。

泣きながら、見ず知らずのリリスを亡《な》くなった娘と重ね、強く抱《だ》きしめてくれた気の毒な女の人。あんな優《やさ》しい人が苦しむなんて絶対《ぜったい》に間違《まちが》っている。

「幸せな娘だ」じっ、とリリスの顔を見つめながら、ヴァロフェスが呟《つぶや》いた。「「……大切に育てられているらしい。……だがな」

言葉を切り、ふう、とため息をつく。

「……世の中で一番、馬鹿《ばか》を見るのはそういう性格《せいかく》の持ち主だということは誰《だれ》も言っていなかったか？」

何だ、こいつ！　頭に血が昇《のぼ》り、リリスは立ち上がった。

そして、椅子《いす》に横たわるヴァロフェスに歩み寄《よ》り、彼の仮面《かめん》に手を伸《の》ばす。

「おい、失礼な真似《まね》はよせ」

わずらわしそうにリリスの手を避《さ》けながら、ヴァロフェスは言った。

「うるさい！　失礼なのはあんたの方だ！　人が真剣《しんけん》に話してるのに、……仮面とれ！」

あまりの悔《くや》しさに、リリスは怒鳴《どな》り返していた。

この知ったような口をきき、人を小馬鹿にする男がどんな顔をしているのか見てやる！

ようやく、リリスの手が鴉《からす》の仮面を捕《とら》えた。リリスは会心の笑《え》みを浮《う》かべ、そのまま、無礼な男の顔から引き剝《は》がそうとする。しかし、どんなに力を込めても仮面は微動《びどう》だにしない。

「無駄《むだ》だ」苦痛《くつう》をこらえるような声でヴァロフェスが言った。

「そんな事は自分で何度も試《ため》した。何百回、いや何千回もな」

「何、訳《わけ》の分からないこと……」

言ってんのさ、と返そうとしてリリスは我が目を疑った。

男の鴉を象《かたど》った仮面から、青い光の帯が立ち上っていた。それは獲物《えもの》に絡《から》みつく蛇《へび》のようにいやらしくのたうち、——そして、消えた。

言いようのない寒けに襲《おそ》われ、リリスは立ちつくした。

「悪いが」肩《かた》をすくめながら、ヴァロフェスが言った。

「私も自分の素顔《すがお》を知らない。何せ、この仮面とは生まれた時からのつきあいでね」

椅子に腰掛《こしか》けたまま、淡々《たんたん》とした口調でヴァロフェスは言った。

「……怖《こわ》いか?」

ヴァロフェスの問いかけに、リリスは懸命《けんめい》な表情で首を振《ふ》った。しかし、両膝《りょうひざ》はどうしようもないほど震《ふる》えている。

「……母は生まれたての私の姿《すがた》に正気を失った。祖父《そふ》は私を魔物《まもの》の落とし子として決して側《そば》には近寄らせなかった。ほかの人間も同様だ。だが、一人だけ、僕の顔に触《ふ》れた娘《むすめ》がいた」

ヴァロフェスの声が冷たく凍《い》てつくのをリリスは感じた。

「その娘は死んだ。理由はどうあれ……僕の顔に触れたのは君が二人目だ」

ヴァロフェスが音を立てて椅子《いす》から立ち上がり、思わず、リリスは身を竦《すく》ませた。

「悪いことは言わない。早く、この村を去れ。……だが、どうしても、この村に居座《いすわ》るつもりなら、これをもって行け」

言いながら、ヴァロフェスはマントの下から、小さな石板を取り出した。リリスが見たこともないような不可解《ふかかい》な文字が刻《きざ》まれたそれを、黒衣の男は、無理矢理《むりやり》少女の手に握《にぎ》らせた。

「魔除《まよ》けだ。地霊《ちれい》の加護《かご》を受けた、本物のな」

言葉を失った少女に、ヴァロフェスは静かに告げた。

「落とし物を届《とど》けてくれた礼だ。……もう、遅《おそ》い。日が沈《しず》み切る前に仲間の元に帰れ」

第六話　出現《しゅつげん》

1

「村の人達《ひとたち》が卵《たまご》をたくさん持ってきてくれたんだよ」

鍋《なべ》から粥《かゆ》をよそりながら、チコリ婆《ばあ》さんが言った。

「今夜はいつもより豪勢《ごうせい》だからね。感謝《かんしゃ》してお食べ」

「ついでに酒も持ってきて欲《ほ》しかったね」

もごもごと村人の健康を神々に祈《いの》るチコリ婆さんを横目で見ながら、アブンがぼやいた。

「もうヘトヘトだ。どう考えても、卵百個《こ》分は働いたぜ？　そうだろ、ライリー」

言いながら、馬車の縁《へり》に腰掛《こしか》けたまま、弟分の背中《せなか》をこづいた。ライリーは憔悴《しょうすい》しきった笑《え》みを浮《う》かべただけで、何も言わなかった。どうやら、喋《しゃべ》る気力すら今は失っているようだ。

アブンの言葉にグレコーとザブも力なく頷《うなず》いている。

「そう言うな」匙《さじ》を口に運びながらジョパンニが眉《まゆ》をひそめた。

「子供《こども》が何人も死んでいるかもしれんのだ。そんな心ないことを言うもんじゃない」

仲間達の会話を聞きながら、リリスは空を見上げた。

春の夜空には、何百、何千もの美しい星々が明るく瞬《またた》いていたが、それを映《うつ》す少女の瞳《ひとみ》は暗鬱《あんうつ》としていた。

芸人達が帰ってきたのは、リリスが森の廃屋《はいおく》からこの川原に帰ってきて大分、時間が経《た》ってからだった。

泥《どろ》にまみれ、疲《つか》れきった彼らから聞かされたのは、リリスが恐《おそ》れていた通りの結果だった。

村人達に協力し、神隠《かみかく》しにあった子供達を探《さが》していた一座《いちざ》の男達は、三日目にしてようやくその手がかりとなる物を森の池のほとりで発見した。

アブンが池の波に漂《ただよ》う小さな子供の靴《くつ》を見つけたのである。

それは、最初に姿《すがた》を消した猟師《りょうし》の息子《むすこ》の物だった。それに続いて失踪《しっそう》した子供達の持ち物、――帽子《ぼうし》やぬいぐるみ、人形などが次々に池の水面に浮《う》かびあがってきた。

それらが、村人達に決定的な絶望《ぜつぼう》をもたらした事は、その場に居合《いあ》わせなかったリリスにも容易《ようい》に想像《そうぞう》がついた。

そしてあの人、ルー夫人。恐《おそ》らく彼女のもとにも、この話はもう報告《ほうこく》されているだろう。

ごめんよ、奥様《おくさま》。やっぱりあたしなんかじゃ、手の出しようもなかった。

ルー夫人が悲嘆《ひたん》に沈《しず》む様を思い描《えが》き、リリスは胸《むね》が詰《つ》まるのを覚えた。

「うん？　どうした、リリス。飯、食ってないじゃねえか」

ほとんど口をつけないまま、椀《わん》を置いたリリスに、アブンが顔を向けた。

「顔色が悪いな。そう言えば、お前、あの奥さんの館《やかた》にまた行ったらしいな？……何かあったのか？」

「別に……ちょっと話をしただけ」

暗い声で答え、リリスは顔を背《そむ》けた。

「……ところで、座長」肩《かた》をすくめ、アブンがまた言った。

「これからどうするんで？」

「勿論《もちろん》、協力を続ける。子供を殺すような人間を見過《みす》ごすわけにはいかんだろう？」

「でも、村の奴《やつ》らが言うように、その、本当に……魔女《まじょ》の仕業《しわざ》だとしたら、俺達《おれたち》の手にゃ負えませんぜ」

「犯人《はんにん》はただの人殺しだよ。魔女などいないさ」

いつになく、真剣《しんけん》な表情《ひょうじょう》のアブンにジョパンニが苦笑《くしょう》した。

「私は子供の頃《ころ》から、三十年以上、旅を続けてるが、一度も出会ったことはない。本当にいるというのなら、一度お目にかかりたいくらいさ」

「僕《ぼく》はヤだなぁ」チコリ婆《ばあ》さんの隣《となり》に座《すわ》っていたタックが顔を青ざめさせた。

「会いたくない……。魔女は子供を殺すんでしょ？　そうだよね、リリス」

「……うん、そうだね」

曖昧《あいまい》に同意しながら、無意識《むいしき》にリリスはポケットの中を探《さぐ》っていた。

指先が固くひんやりとした物に触《ふ》れた。それは先刻《せんこく》、森の廃屋《はいおく》で黒衣の男、――ヴァロフェスに与《あた》えられた小さな石板だった。

「でも、分からないっスよね」

誰《だれ》にともなくライリーが、ぽそりと呟《つぶや》いた。

「あ？　何が？」と欠伸《あくび》混じりにグレコー。

「いや……村の連中の話だと……犯人は……魔女ってのは、十年も昔に追い出された占《うらな》い師《し》の婆さんなんスよね？　その仕返しだとしても何で今頃？」

「……知るかよ、ンなこと」アブンが舌打《したう》ちした。

「俺たちゃ魔女じゃねえんだ。魔女の考えてることなんか分かるもんか」

はあ、そりゃそうっスね、と低く答え、ライリーは項垂《うなだ》れた。

「さあ、今夜はもう寝《ね》よう！」

大きく手を叩《たた》き、ジョパンニが暗い面持《おもも》ちの芸人達を見回し、言った。

「明日はあの池の底をさらわなきゃならん。早朝、広場で村の人達と合流だ」

うへえ、とアブンが疲《つか》れきった声をあげた。

2

暗く冷たい水の中に、リリスは沈《しず》もうとしていた。

必死で伸《の》ばした手の先から水面まではわずかな距離《きょり》だ。

助けて。

口の中に水が大量に流れ込んでくるのを感じながら、リリスは必死で叫《さけ》んだ。

しかし、身体《からだ》は重くなる一方で、もがく手足からは急速に力が抜《ぬ》けて行く。

と、水底で泥《どろ》が舞《ま》った。

その中から、水で身体がふやけきった何人もの子供達が飛び出してくる。

——遊ぼうよ遊びましょう。

子供達は白く濁《にご》った目を見開いて、リリスに呼《よ》びかけた。そして、魚に啄《ついば》まれ、ボロボ口になった両手を伸ばしてくる。

——寂《さび》しいよ寂しいの。

声を揃《そろ》えて、子供達が言った。

——ぼくたちはわたしたちはここに連れてこられてもうお家に帰れない。だからリリスもおいでよ。いっしょに水の底で遊ぼうよ。

嫌《いや》だ！

リリスは叫んだ。そして、なんとか水から出ようと必死でもがく。

と、出し抜けに二本の白い腕《うで》が目の前に突《つ》き出された。

「ああ、可愛《かわい》い子供達」それはリリスの細い首を摑《つか》み、歌うように言った。

「本当に可愛い子供達……」

声にならない悲鳴をあげ、リリスは目を覚ました。

そこは馬車の中だった。

しかし、本当に水の中にいたかのように汗《あせ》で全身がぐっしょりしている。しかも、首を摑まれた感触《かんしょく》は生々しく残っていた。

額《ひたい》を伝って顎《あご》に流れる汗を手の甲《こう》で拭《ぬぐ》いながら、リリスは自分の鼓動《こどう》が静まるのを待つ。

なんて嫌な夢《ゆめ》だ。

まるで本当に溺《おぼ》れたような気分だ。

それに、白くふやけた子供達……。

胸《むね》に黒い物が溜《た》まるような不快感《ふかいかん》に襲《おそ》われ、リリスは首を振《ふ》った。

口の中が酷《ひど》く渇《かわ》き、喉《のど》が痛《いた》い。何か水分を含《ふく》んで潤《うるお》さなければとても眠《ねむ》れそうにない。

そう思ったリリスは立ち上がり、チコリ婆《ばあ》さんとタックを起こさないよう、そっと馬車の外に出た。

深夜の川原は意外にも音であふれていた。

さらさらと流れる川の音。草むらから聞こえる虫や蛙《かえる》の鳴き声。森の木々が揺《ゆ》れる音。そして、夜空の雲を吹《ふ》き流す風の音。

リリスはそれらを耳にしながら、ゆっくりと川辺に近寄《ちかよ》った。

そして、袖《そで》が濡《ぬ》れないよう注意しながら水面に手をだす。冷たい川の水を口元まで運んだ時、リリスの耳元で掠《かす》れるような子供の声が聞こえた。

「遊んでくる」

ぎくり、としてリリスは後ろを振り返る。

そこにタックがいた。

ぼんやりと薄目《うすめ》をあけ、肩《かた》をダラリと落とし、身体《からだ》を左右に小さく揺《ゆ》らしている。

「お、脅《おど》かすんじゃないよ！」言いながら、思わず目尻《めじり》に涙《なみだ》が浮《う》かんだ。

「タック。あんた、寝《ね》てたんじゃないの？」

「……遊ぶんだ、僕」

タックの唇《くちびる》から、のろのろと小さな声が漏《も》れる。

「何、言ってんの？ もう真夜中だよ？」

リリスは全身の力が抜《ぬ》けるのを感じながらも、苦笑いした。

「お手玉なら明日つきあってやるから。今夜は、ほら、もう馬車に……」

そう言って、リリスはタックの頭に手を置こうとした。

が、それよりも早く、タックの小さな身体が宙《ちゅう》に浮かぶほうが早かった。

「遊んで……くる……」

首筋《くびすじ》を釣《つ》り上げられるようにして、闇夜《やみよ》に浮かび上がったタックはまた同じことを呟《つぶや》いた。

悲鳴のような声でリリスは、仲間達の名を叫《さけ》んでいた。

「な、何だ？ おい、どうした？」

寝惚《ねぼ》け眼《まなこ》を擦《こす》りながらも、アブンが槍《やり》を肩《かた》に馬車から飛び出してくる。ジョパンニヤグレコー達《たち》もそれに続く。

「タック！　あたしの孫が！」

何もない空中に浮かび上がったタックを見て、チコリ婆《ばあ》さんが悲鳴を上げた。

「こ、こいつは一体……？」

呆然《ぼうぜん》とタックを見上げながら、ジョパンニがうめいた。

と、タックの身体《からだ》がビクン、と大きく痙攣《けいれん》した。

次の瞬間《しゅんかん》、タックの小さな身体は闇《やみ》の中に吸《す》い込まれるように滑《すべ》っていった。

「タックのやつ、いつ、あんな芸を身に付けたんだ？……アハハ、飛んでっちまった」

笑いながらアブンが言った。しかし、その顔は恐怖《きょうふ》に引きつっている。

「と、と、とにかく追いかけるんだ！」

ジョパンニが言い終える前にリリスは走り出していた。

直立不動の姿勢《しせい》を保《たも》ったまま、タックの身体は、丘《おか》の上を風を切る音を立てて飛んだ。

どうやら、見えない力はタックを村の広場に引きつけているようだった。

リリスはタックの姿《すがた》を見失うまいと彼から目を外さず走ったので、何度も転びそうになった。

と、ポケットの中の石板が震《ふる》えた。振動《しんどう》だけではなく、熱を発しているようにも感じられた。

——魔除《まよ》けだ。地霊《ちれい》の加護《かご》を受けた本物のな。

これを受け取った時、ヴァロフェスから聞かされた言葉が思い出される。

そして、村人やアブンの言っていた魔女……。

これが、——魔女の仕業《しわざ》なのだろうか？　これをやっている者が村の子供《こども》達をかどわかしたのだろうか？

そしてそいつは子供達を……。

「おい、ライリー！」

後ろのほうで、アブンが弟分を怒鳴《どな》りつける声が聞こえた。

「あのガキは俺達が捕《つか》まえるから、てめえは村人達を起こせ！」

「え？　こんな夜中なのに？」

「この阿呆《あほ》！　そんなこと言ってる場合か！　いいから一人残さず叩《たた》き起こせ！　おい、リリス！　先走るな！　追いついたって、お前一人じゃ」

どうにもならねえだろ、というアブンの叫《さけ》びに答えず、リリスは走り続けた。

タックの身体《からだ》は村の広場、――井戸《いど》の屋根の上で止まった。

いや、足の先が揺《ゆ》れていることから、目に見えない力に吊《つ》るされているようだった。

「タック！」やっとのことで追いついたリリスは、彼に向かって叫んだ。

「いい加減《かげん》に目を覚ましな！」

ぴくっ、と幼《おさな》い少年の目蓋《まぶた》が痙攣《けいれん》する。

うめきながらタックは目を覚ました。そして不可解《ふかかい》そうな顔で、自分の足下《あしもと》を見、周囲をキョロキョロと見回す。

「な、何……コレ？」

タックの顔が見る見る青ざめ、泣き顔に歪《ゆが》んでゆく。

「何で……僕、宙に浮《う》いてるの？」

「落ち着きな！　今、行くから！」

言ってリリスは井戸の屋根を支《ささ》える柱を登り始めた。登りながらリリスは、周囲が騒《さわ》がしくなるのを感じた。どうやら、村人達がライリーに起こされ、集まっているようだった。

二、三度、滑《すべ》り落ちかけたが、リリスはどうにか屋根の上によじ登った。そして、冷や汗《あせ》をぬぐい、タックのほうに向き直る。

タックの小さなつま先は屋根の瓦《かわら》の少し上に浮かんでいた。

「ど、どうしよぉ、リリス」泣き笑うような口調でタックが訴《うった》えた。

「身体が全然、……う、動かない。どうしよう」

「大丈夫《だいじょうぶ》」

彼を怖《こわ》がらせまいと、リリスは無理に笑って屋根の上で立ちあがった。そして、滑り落ちないよう慎重《しんちょう》にタックに歩み寄《よ》る。

「いい子だから落ち着きな。今、私が……」

助けてあげるから、と手を伸《の》ばしかけてリリスは目を見開いた。

「リリス……？　どうしたの？」

しゃくり声をあげて、タックが尋《たず》ねる。

タックの背後《はいご》から、闇《やみ》が、――いや、どす黒い煙《けむり》のような物が、低い唸《うな》り声を発しながら顔を見せた。煙は、どろどろと渦巻《うずま》きながら、肥大《ひだい》してゆく。

――こっちにおいで。

ゆらゆらとゆらめいて、煙がリリスに命じた。

――お前もおいで。こっちにおいで。楽しい所にゆこう……。

どっ、と背中《せなか》に汗が溢《あふ》れた。リリスは無意識《むいしき》のうちに、片手《かたて》をポケットに忍《しの》ばせていた。

件《くだん》の石板を摑《つか》んだ掌《てのひら》に、焼け付く火箸《ひばし》に触《ふ》れたような痛《いた》みが走る。

と、同時に、煙がリリスに向かって、腕《うで》を伸ばした。

「タックを放せ!」

叫《さけ》び、リリスは、発熱した石板を妖《あや》しの煙めがけ、投げつけていた。

赤く発光した石板は、まっすぐに煙に向かって飛んだ。そして、触れたと同時に、砕《くだ》けちり——、轟音《ごうおん》とともに、凄《すさ》まじい閃光《せんこう》を洪水《こうずい》のように巻き起こした。

一瞬《いっしゅん》、真昼を遥《はる》かに凌駕《りょうが》する明るさが広場を支配《しはい》していた。

ぐおおおっ、という苦痛《くつう》の声が響《ひび》きわたり——

タックの小柄《こがら》な身体《からだ》が、屋根の上に投げ出される。

「タック!」

小さく呻《うめ》くタックに向かってリリスは駆《か》け寄ろうとした。

しかし、——

リリスは立ち止まった。

黒い煙は、まだ、そこにあった。そして、より物質的《ぶっしつてき》な物へと変貌《へんぼう》を始める。

どくどくと、まるで血管に血が流れるような音をたて、煙は、黒い剛毛《ごうもう》の塊《かたまり》に姿をかえた。それは、小さな家ほどの大きさがあった。

脈打つ塊の中から、鋭《するど》いつま先をもった細長い脚《あし》——リリスには、節のある槍《やり》のように思えた──が伸《の》び、瓦《かわら》の上に振《ふ》り落とされる。

その一撃《げき》は、固い石瓦をクッキーを割《わ》るかのように粉々に打ち砕いた。

飛び散った破片《はへん》がリリスの頰《ほお》に、小さな傷《きず》をいくつか負わせた。が、リリスは痛みを感じることも忘れて、目の前の怪異《かいい》に魅入《みい》っていた。

剛毛の中から、一本、また一本と槍のような脚が突《つ》き出し、──やがて、八本の脚に支えられ、巨大《きょだい》な毛玉は、ふわりと浮《う》き上がった。

それは悪夢《あくむ》から抜《ぬ》け出てきたような巨大な黒蜘蛛《くろぐも》だった。

──何だよ、これ？

リリスは頭の中が真っ白になってゆくのを感じながら自問した。

全身の感覚が麻痺《まひ》し、背筋には氷の棒《ぼう》を押《お》しつけられているような悪寒《おかん》がじんわりと広がって行く。

それは、あの夜の森で感じた感覚と同じものだった。人の顔を持つ狼《おおかみ》の群《む》れに追われた夜と。

いや、違《ちが》う。

めりめりと音を立てて、更《さら》に巨大化してゆく毛玉を見つめながら、リリスは思った。

これは、あんなモノじゃない。

もっと恐《おそ》ろしくて、もっと良くないもの。人間が見てはいけないモノだ。

しかし、リリスはそれから目を離《はな》すことができなかった。

と、毛玉の頂上《ちょうじょう》が、もっこりと山のように盛《も》り上がり——その剛毛の中から二本の腕《うで》がすらりと突き出された。

それは、白くほっそりとした女の腕だった。

艶《なま》めかしい二つの腕は、辺りをまさぐるような仕種《しぐさ》を見せ、倒《たお》れたタックの足首に伸びた。

「やめろ!」

叫《さけ》びながら、リリスはそれに突進《とっしん》した。策《さく》があるわけではなかったが、そうせざるを得なかった。

ギョロリ、と塊《かたまり》の中で金色に輝《かがや》く瞳《ひとみ》が見開かれた。続いて、それと同じ金色の瞳が剛毛《ごうもう》の中で幾《いく》つも見開かれる。

その全《すべ》てがリリスを睨《にら》み付けた。

——よくも。

ざらりとした冷たい声が頭の中で響《ひび》く。

——よくも邪魔《じゃま》を。よくも、よくも、よくも、よくもよくもよくもよくもよくも……。

狂人《きょうじん》じみた悪意の囁《ささや》きに、全身を掻《か》きむしりたくなるような嫌悪《けんお》感《かん》を覚えリリスは、悲鳴をあげた。

と、足下がふらつき、屋根の縁《ふち》から転げ落ちる。

「あぶねえ！」

地面に叩《たた》き付けられる——寸前《すんぜん》、リリスはアブンに抱《だ》きとめられていた。

彼の後ろに一座《いちざ》の芸人達や松明《たいまつ》や武器《ぶき》を手にした大勢《おおぜい》の村人がようやく、たどり着いたのが見えた。

「あ、……アブン？」

「おい、リリス！　ありゃ、一体なんだ？」

まだ震《ふる》えの止まらないリリスを地面に下ろしながら、アブンが怒鳴《どな》るように尋《たず》ねた。

彼の問いに答えることができないまま、リリスは屋根の上を見上げた。

「かわいい子」

気を失ったタックを、女の腕《うで》で抱きしめながら、毛玉はくぐもった声を発した。毛玉の中心が横にぱっくりと裂《さ》け、そこから赤い大きな口が現《あらわ》れる。

「ああ、かわいい子。本当に、かわいい子」

同じことを繰《く》り返しながら、タックの顔に、紫色《むらさきいろ》の大きな舌《した》を伸《の》ばす。

舌はタックの顔を嘗《な》めまわし、白い唾液《だえき》が、彼の目鼻をべっとりと汚《よご》した。

タックに意識《いしき》があれば、狂死《きょうし》しかねないおぞましさだった。

「殺されちまうぞ！」村人の誰《だれ》かが叫《さけ》んだ。「俺達《おれたち》の子供《こども》もああやって殺されたんだ！」

アブンが何事か叫びながら、自分の槍《やり》をつかんだ。そして、大きく腕を振《ふ》りかぶり、タックを抱きしめる異形《いぎょう》のモノに投げつける。

しかしアブンの槍は、前脚《まえあし》の一振りで容易に弾《はじ》き落とされてしまう。

ケタケタと高笑いしたかと思うと、毛玉は屋根の上から——跳《と》んだ。

リリスのすぐ側《そば》にいた二人の村人が頭を鋭《するど》いつま先で踏《ふ》み潰《つぶ》され、いや、刺《さ》し抜《ぬ》かれて、果物のように脳漿《のうしょう》を飛び散らせた。

二人の哀《あわ》れな犠《ぎ》牲者《せいしゃ》を踏台《ふみだい》にして、毛玉は近くの木の幹《みき》に飛び移《うつ》っていた。

八本の脚《あし》を蠢《うごめ》かし、巨大《きょだい》な身体《からだ》からは想像《そうぞう》もつかない疾風《しっぷう》のような素早《すばや》さでそれは木の幹を這《は》い登ってゆく。白い腕はグッタリとしたタックを愛《いと》しげに抱きしめたままだ。

「うわああ！　ジーンとヘンリーが殺されたぞ！」「逃《に》げろ！　こいつあ、この世のモンじゃねえ！」「馬鹿《ばか》言うな！　誰か、早く仕留《しと》めろ！」

混乱《こんらん》に陥《おちい》った人々を見下ろして、毛玉はまた笑った。

その笑い声に耐《た》え切れず、リリスは耳を押《お》さえてその場にしゃがみこんでいた。

ああ、神様。

人々の悲鳴や怒声《どせい》の渦《うず》に巻《ま》き込《こ》まれながら、リリスは思った。

お願いだから、こんな悪い夢《ゆめ》を見せるのはやめてください。

お願いだから……。

「ふん。呪《まじな》い石でも大した効果《こうか》はなかったみてえだな」

はっ、としてリリスは顔をあげた。

聞き覚えのあるキンキンとした声が、人々の間から聞こえた。

人々のざわめきが凍《こお》りついたように止まる。

「お前、書き込む呪文《じゅもん》を間違《まちが》えたんじゃねえの？」

「……少し、黙《だま》っていろ」

リリスは、狼狽《うろた》える人々の前に夜のとばりのような黒いマントをなびかせ、片手《かたて》に奇妙《きみょう》な人形をぶら下げた男が進み出るのを見た。

「お、お前……酒場で俺を殺そうとしたヤツじゃねえか！」

ぎょっとした顔でアブンが男を指さす。

「な、なんでお前がここにいるんだよ!?」

「退《ど》いてくれ」

ただ、一言、——仮面《かめん》の男はそう命じた。アブンは何か言い返そうと口を開きかけたが、男の静かな圧力《あつりょく》に負けたのか、困惑《こんわく》した顔のまま、後ろに下がった。

「ヴァロフェス」

よろめきながらリリスは男の名を呼《よ》んだ。自分でもおかしいほど声が震《ふる》えているのがわかった。

「やっぱり、……来てくれたの？」

「私の仕事だからな」そっけなく言い、リリスの横を通り過ぎながら、男は彼女の腕《うで》に木偶人形《くにんぎょう》、——オルタンを押しつけた。

「この喋《しゃべ》るガラクタを頼《たの》む。なんならその辺に放置しておいてもかまわない」

「ひでえヤツだな、お前……」

うんざりしたような人形の抗議《こうぎ》には応《こた》えぬまま、男は静かに木の上を見上げた。タックを抱《だ》きしめた異形《いぎょう》の影《かげ》が、しゅうしゅうと唸《うな》り声をあげる。

「やっと会えたな」

やや、芝居《しばい》がかった動作で手を広げ、男は怪物《かいぶつ》に呼びかけた。

「二、三、質問《しつもん》したいことがある。……構《かま》わないか？」

があぁっ、と木の上で叫《さけ》び声が聞こえた。それは明らかに怒《いか》りのこもった叫び声だった。

それとほんの少しの恐怖《きょうふ》が。

「そうか……」

男はため息をついた。銀の奇妙《きみょう》な飾《かざ》り細工が施《ほどこ》されたステッキが男の手で、クルクルと鮮《あざ》やかに回る。

「話は後で——と、言うことだな」

言いながら、ヴァロフェスは、ステッキを握《にぎ》り締《し》めた。

3

音もなく、ヴァロフェスは跳《と》んだ。

マントをはためかせ、軽々と木の枝《えだ》に飛びうつり、——幹にヤモリのように張りついた獲物《えもの》に向かって、ステッキを稲妻《いなずま》のごとく突《つ》き出す。

が、そのヴァロフェスの得物《えもの》が威力《いりょく》を発揮《はっき》するよりも早く、怪物は抱きかかえた幼《おさな》い少年を己《おのれ》の前に突き出していた。

少年の薄《うす》い胸《むね》を貫《つらぬ》く寸前《すんぜん》で銀のステッキは止まった。

舌打《したう》ちをし、体勢《たいせい》を立て直そうとするヴァロフェスにおぞましい脚《あし》を振《ふ》り上げて毛玉が襲《おそ》いかかる。
ヴァロフェスは木の枝を足場に、その攻撃《こうげき》をステッキで受け流した。
「……教えてくれ」
ステッキを風車のように回しながら、ヴァロフェスは呼びかけた。
「やつと……どんな取り引きをした？」
しかし、その問いに答えはなく、代わりに、おぞましい咆哮《ほうこう》が返ってきた。
いいだろう。
思えば、私達の間に言葉など何の意味もない。
呪《のろ》われた者同士、どちらかが果てるまで殺しあうまでだ。
マントを翻《ひるがえ》し、ヴァロフェスはステッキで怪物《かいぶつ》に打ちかかった。
先端《せんたん》を槍《やり》のように磨《と》ぎ澄《す》まされた脚《あし》と銀のステッキが激《はげ》しく打ち合い、火花を散らす。
二、三合、打ち合い、ヴァロフェスはこの怪物が自分の想像《そうぞう》よりはるかに強力な相手であることを悟《さと》った。
巨体《きょたい》であるにもかかわらず、ヴァロフェスの目も眩《くら》むような速攻《そっこう》を、八本の脚を操《あやつ》って巧《たく》みに防《ふせ》いでいる。

（ならば、一気にカタをつける）

ヴァロフェスはステッキを、胸に垂直《すいちょく》に構えた。

握《にぎ》り締《し》める手から、強烈《きょうれつ》な殺気が柄《え》に流れ込んでいく。

短く、気合いの声をあげ、ヴァロフェスは怪物に突進《とっしん》した。

すぐさま二本の脚が彼を迎撃《げいげき》するが、切っ先で三日月を描《えが》いたステッキに弾《はじ》き飛ばされる。

——殺《や》った。

そう確信《かくしん》しながら、ヴァロフェスは必殺の突《つ》きを繰《く》り出すための力を利《き》き腕《うで》にこめた。

と、毛玉の口から、大人の頭ほどもある白い粘液《ねんえき》が吐《は》き出される。鼻を刺《さ》す異常《いじょう》な臭気《しゅうき》に、ヴァロフェスはそれが強力な毒の塊《かたまり》だと悟った。

舌打ちしながら、得物《えもの》を引き、身を翻《ひるがえ》してかわそうとしたが、わずかに遅《おく》れ、ブーツの踵《かかと》に粘液がかかった。肉の焦《こ》げる嫌《いや》な臭《にお》いとしみ込むような激痛《げきつう》に襲《おそ》われ、ヴァロフェスは顔を歪《ゆが》めた。

そのために、一瞬《いっしゅん》、動きが止まる。

剛毛《ごうもう》に埋《う》もれた金色の目がすっ、と細められた。

先端を輝《かがや》かせながら、脚が振《ふ》り下ろされ——ヴァロフェスの肩《かた》に深々と突き立てられる。更《さら》に、苦痛に呻《うめ》くヴァロフェスの身体《からだ》を、別の脚が斜《なな》めに切り裂《さ》いた。

続いて、ヴァロフェスは顎《あご》をしたたかに殴《なぐ》りつけられ、弾き飛ばされる。地面に叩《たた》き落とされ、背中《せなか》を強く打ち、ヴァロフェスの口から血が塊となって吐き出された。

「ヴァロフェス!」

一人の少女が駆《か》け寄《よ》り彼の腕をつかんだ。

「大丈夫《だいじょうぶ》なの!?」

「……イルマか?」口から血をあふれさせ、目をしばたかせながらヴァロフェスは首を傾《かし》げた。

「イルマ、……君か?」

「ああ、なんてひどい傷《きず》……。早く手当しないと……」

青ざめ、必死になって止血しようとする少女の顔をぼんやりと見つめ返した。

「……違《ちが》う。イルマはもう……」

「え? 何? 何か言った!?」

「……さがっていろ。危険《きけん》だ」

顔をのぞき込む少女、——リリスを押《お》し退《の》けながらヴァロフェスはうめいた。

「不覚だった……」

そこでヴァロフェスは言葉を切り、上を見上げた。

彼を地面に叩き付けたことを誇《ほこ》るかのように、毛玉が叫《さけ》び声をあげている。八本の長い脚《あし》を振りかざし木の上から飛び降りてくる姿勢《しせい》を見せる。

——踏《ふ》み潰《つぶ》す気か。

ヴァロフェスは舌打ちした。切り裂かれた身体は言うことを聞いてくれそうにない。

「おい！」激しい焦《あせ》りに捕《とら》われながら、ヴァロフェスは傍《かたわ》らの少女に言った。

「早く離《はな》れろ！　巻《ま》き込《こ》まれるぞ！」

危険にリリスも気がついたらしく、青ざめた顔で樹上《じゅじょう》を見上げた。だが、離れようとしない。

少女は首を振《ふ》った。

「駄目《だめ》！　あんたも一緒《いっしょ》に逃《に》げなきゃ！」

負傷《ふしょう》したヴァロフェスの腕《うで》を摑《つか》んで立たせようとする。が、非力な少女の腕力《わんりょく》では不可《ふか》能《のう》だった。

歯ぎしりしながら、ヴァロフェスは脇《わき》に転がるステッキに手を伸《の》ばした。

素早《すばや》く柄頭《えがしら》を回し、留め金を外す。

じゃらり、と乾《かわ》いた音をたて、ステッキの中に収納《しゅうのう》されていた鎖《くさり》が長く伸びた。

奇妙《きみょう》な笑《え》みの太陽の銀細工は重りの代わりとなり、ヴァロフェスのステッキは棍棒《メイス》から、連棹《フレイル》へと形態《けいたい》を変化させた。

「まったく……」リリスを背にかばい、立ち上がったヴァロフェスの頭上で巨大《きょだい》な影《かげ》が跳《と》んだ。「疲《つか》れる仕事だ!」

叫びながらヴァロフェスは、ステッキの柄を振るった。

長い鎖が蛇《へび》に似《に》た動きを見せ、地面の上をのたうつ。擦《こす》れ合う音を立てながら、上空から襲《おそ》いかかる怪物《かいぶつ》に向かって、鉄の蛇が飛んだ。

おぞましい悲鳴が村中に響《ひび》き渡《わた》る。

ヴァロフェスの操《あやつ》る鎖は、剛毛《ごうもう》からつきだされた白い腕に見事に巻きついていた。じゅう、という肉を焼く音とともに巻き付いた鎖の下から煙《けむり》がふき出た。

大きな地鳴りをあげ、剛毛に覆《おお》われた巨体《きょたい》が地に叩《たた》き付けられる。

腕は苦痛のあまり、抱《だ》きしめていた男の子を解放《かいほう》していた。

リリスがほとんど泣き声に近い声でその子の名を呼び、駆《か》け寄る。

「これで五分五分だ」

鎖を手元に強く引きながら、ヴァロフェスは敵《てき》に告げた。

「いや、血を流した分、私のほうが不利だな……」

口元を歪《ゆが》ませたヴァロフェスに、再《ふたた》び白い毒液《どくえき》が吐《は》き出された。

ヴァロフェスもさる者、ステッキを握《にぎ》る手を回し、鎖をのたうたせ、それを弾《はじ》き飛ばした。

が、苦痛に手の力が緩《ゆる》んだのか、武器《ぶき》は音を立てて地面に落ちた。

相手はそれを見逃《みのが》さなかった。再び、地を蹴《け》って、井戸《いど》に向かって跳躍《ちょうやく》した。

情けない悲鳴をあげて逃げ惑《まど》う村人たちには目もくれず、そのまま井戸の中へと巨体を滑《すべ》り込ませた。

わずかの間を置いて、水を弾く音が聞こえた。

「逃《に》げられたか……」

よろよろと井戸に歩み寄りながら、愕然《がくぜん》とヴァロフェスはうめいた。

遠くで鶏《にわとり》が朝の到来《とうらい》をつげる鳴き声をあげるのが聞こえた。散り散りに逃げていた村人たちが、恐々《きょうきょう》とした様子で近づいてくる。

「オルタンの言う通り、私もヤキが回ったものだ……。一つ、お聞きしたい」

井戸をのぞき込んでいた顔をあげ、ヴァロフェスは村人たちに向き直った。

「この井戸はどこから水を？」

「それは……森の池につながっているんだ」ようやく落ち着きを取り戻《もど》したらしい村人が答えた。「この村じゃ先祖《せんぞ》代々、そこから水を引いている」

「なるほど……」

頷《うなず》きながらヴァロフェスは、地面に転がった武器を拾いあげた。

「おい、お前。ちょっと待てよ」

背後《はいご》からの呼《よ》びかけに振《ふ》り向くとそこには、旅芸人の一座《いちざ》の若者《わかもの》が立っていた。

若者は、木偶人形《でくにんぎょう》、——少女に投げ捨《す》てられたらしい——を片手《かたて》にぶらさげながら、困《こん》惑《わく》のせいか、それとも怯《おび》えのせいか、顔を引きつらせていた。

「お前、本当に何者なんだ？　い、いや、それより今のバケモノは、一体、なんだ？」

「『一体、なんだ？』だとよ」

けけっ、とぶら下げられたままオルタンが笑った。

「いつもそうだ。どいつもこいつも同じ質問ばかりしやがる。なあ、ヴァロフェス？」

ヴァロフェスはちらり、と視線《しせん》をずらした。ようやく息を吹《ふ》き返した男の子を抱《だ》きかかえたリリスがすすり泣いているのが視界に入った。

「あれは……」若者に向き直り、ヴァロフェスは言った。

「『叫《さけ》ぶ者』と呼ばれている。珍《めずら》しいものじゃない。世界中、どこにでもいる。……ただ、気づかれないことが多いだけだ」

「お、おい。しっかりしろよ、おい！」

若者が慌《あわ》てた声で呼びかけながら、手を差し出してくる。身体《からだ》を支《ささ》えられ、意識《いしき》を失ないながらヴァロフェスの口元に、自嘲的《じちようてき》な笑《え》みが浮《う》かんだ。

第七話　池

1

唸《うな》るような風の音でヴァロフェスは目を覚ました。そこはベッドの上だった。

横たわったまま、激《はげ》しく軋《きし》む窓《まど》を見上げる。窓の向こうの空は、どろりと腐《くさ》った膿《うみ》のような色に染《そ》まっていた。

ふと、ヴァロフェスは毛布《もうふ》の中の自分の身体《からだ》を見た。

いつも身に着けているマントと上着はなく、代わりに包帯が巻き付けられていた。微《かす》かに薬草の匂《にお》いが漂《ただよ》う。

「……あ、ヴァロフェス」ベッドの横でうたた寝《ね》をしていた少女、――リリスが慌《あわ》てたように声をかけてくる。

どうやら一晩中《ひとばんじゅう》、そこにいたようだ。

「良かった。目が覚めたんだね」

「……どこだ？　ここは」口の中に広がる苦い味に声を嗄《か》らしながら、ヴァロフェスはゆっくりとリリスに尋《たず》ねた。

「ここは……ルー夫人の館《やかた》だよ」

「ルー夫人？」

「うん。村で一番、偉《えら》い人の奥《おく》さん。……旦那《だんな》さんは子供《こども》と一緒《いっしょ》に亡《な》くなっているから未《み》亡人《ぼうじん》か」

なるほど、とヴァロフェスはベッドの中でため息をつきながら、天井《てんじょう》を見上げた。

窓の外からは、風が不吉な唸《うな》り声をあげるのが聞こえていた。

「……ごめんね、ヴァロフェス」

小さな声で、ぽつりとリリスが言った。見ると、少女は椅子《いす》に腰掛《こしか》けたまま、青ざめた顔で俯《うつむ》いていた。

「何を……謝《あやま》る？」

ヴァロフェスは首を傾《かし》げた。

「だって」涙目《なみだめ》になりながら、リリスは言った。

「わたしがあんなこと頼《たの》んだから……、こんな死にそうな怪我《けが》をさせちゃったんだもん」

「これは自発的にやったことの結果だ。……君が気にする必要はない」言いながら、ゆっくりと上半身を起こし、ヴァロフェスは少女の肩《かた》に触《ふ》れた。

「それに……この程度《ていど》の怪我ならしょっちゅう負っている」

「そーそー、気にするこたあねえよ」

下品な笑い声がベッドの下から聞こえた。木偶人形《でくにんぎょう》のオルタンだった。

どうやら彼もこの館に運び込まれたらしい。

「俺達《おれたち》……いや、こいつにとっては昨夜の人外魔境《まきょう》な出来事も単なる日常《にちじょう》なんだよ」

単なる日常というオルタンの言葉にリリスが目を丸くして見つめる。気の毒に思うべきか、呆《あき》れるべきか、迷《まよ》っているといった表情《ひょうじょう》だ。

まあ、無理もないか。

内心、苦笑《くしょう》しながらヴァロフェスはベッドから降《お》りた。

「今、村の人達とウチの座長《ざちょう》が階下で話し合ってるよ。昨日のアレのこととか、これからどうするとか……ってどこ行くの？」

「仕事だ。……まだ終わっていない」

答えながら、よろめく足取りでハンガーにかけられたマントに向かう。

「だ、駄目《だめ》だよ！　動いちゃ」

狼狽《ろうばい》してリリスが言った。

「あんたは今にも死にそうな傷《きず》を負ってるっていっただろ？　寝《ね》てなきゃ。熱だってまだ下がってないのに……」

「私としても」マントの留め金をかけながら、ヴァロフェスは掠《かす》れ声で答えた。

「休みたいのはやまやまだが……今は駄目だ」

リリスの肩《かた》を借り、ヴァロフェスは階段《かいだん》を降りた。そして大勢《おおぜい》の人間が、言い争う声の聞こえる食堂に向かった。軽くノックし、静かに扉《とびら》を開く。

村人の一人が目を血走らせて怒鳴《どな》った。

「羊に変な魔法をかけた罰《ばつ》で森に追い出した占《うらな》いババアだよ！　チクショウめ、あのババア！　きっと悪魔に妖術《ようじゅつ》を教わったんだ。それで地獄《じごく》からあんなバケモノを！」

「今も森のどこかで俺達をあざ笑ってるに違《ちが》いねえ！」

「十年前、本当なら火あぶりにするところを情《なさ》けをかけてやったのが間違いだったんだ！」

「今からでもかまやしねえさ！　探《さが》し出して嬲《なぶ》り殺しにしよう！」

「それは……無理だ」

声を掠れさせながら、ヴァロフェスは言った。

その声に、部屋の中で嵐《あらし》のように渦巻《うずま》いていた議論《ぎろん》の声がピタリと止まる。

「その老婆《ろうば》はすでに亡《な》くなっている。私が彼女の遺体《いたい》を葬《ほうむ》った」

中に足を踏《ふ》み入れたヴァロフェスを幾《いく》つもの瞳《ひとみ》が出迎《でむか》える。

その場が水を打ったように静まる。

昨夜、ヴァロフェスの戦いを目《ま》の当りにした村人たちだ。ちらちらとこちらを横目で見ながら、互《たが》いに何事かを囁《ささや》きあう。

ヴァロフェスは肩をすくめ、続けた。

「……それに彼女は、昨夜の怪物《かいぶつ》とは無関係だ」

「あなたなのですね。魔物《まもの》から子供を取り返してくださったのは」絹《きぬ》のドレスを上品に着こなし、肩からショールを羽織《はお》った女性《じょせい》が、やつれた顔に静かな笑《え》みを浮《う》かべて立ち上がった。恐《おそ》らく彼女がこの館《やかた》の女主人、ルー夫人なのだろう。

「どうか、席におつきください。そして、わたくしどもと一緒《いっしょ》に……」

「いえ、奥様《おくさま》」胸《むね》に手を当て、ヴァロフェスは深く頭《こうべ》を垂《た》れた。

「失礼だが、私は皆《みな》さんと共闘《きょうとう》するつもりはありません。忠告《ちゅうこく》をしに参ったのです」

思いがけない言葉だったらしい。人々の間にざわざわとどよめきが起こる。

「単刀直入に申し上げると、皆さんでは昨夜の怪物には決して歯が立たない。いえ、一つの王国の騎士《きし》団総掛《だんそうがか》りでも倒《たお》すことは不可能《ふかのう》でしょう……」

「ふ、ふざけたことを吐《ぬ》かすな！」

礼儀《れいぎ》正しいが、淡々《たんたん》としたヴァロフェスの口調に一人の村人が、卓《テーブル》を殴《なぐ》りつけながら立ち上がった。

「俺は、俺は一人娘《ひとりむすめ》をあいつに殺されたんだぞ？　このまま引き下がれるか！」

「想《おも》いだけでことがなせるならば……この世には何の苦労もない」

静かな声でヴァロフェスは男に答えた。「無駄《むだ》に犠牲者《ぎせいしゃ》を出したいのなら止めはしないが……それで貴方《あなた》の子が救われるわけではあるまい」

男は涙《なみだ》ぐんだまま、言葉を失い、力なく椅子《いす》に腰《こし》を落とす。

「……じゃあ、我々《われわれ》はどうすればいいんだ？　あいつを倒すことは無理。しかし、やつは夜になれば現《あらわ》れて子供達を襲《おそ》う。一体、どうすれば……」

肩《かた》を震《ふる》わせる男の目から涙が溢《あふ》れ出る。ほかの村人達も一様に言葉を失い、暗い表情でうつむく。

「この村で一番、安全な場所は？」

少し考えてから、ヴァロフェスは尋《たず》ねた。

「それは、恐《おそ》らく……ここでしょう」ルー夫人が躊躇《ためら》いがちに、そして少々、気まずそうに言った。

「この館《やかた》は村全体を見渡《みわた》せる小高い丘《おか》の上に立っていますから……」

「では、お願いがあります」ヴァロフェスは言った。

「この館に村中の子供を集めていただきたい。子供達が、魔法《まほう》にかかって誘《さそ》い出されぬよう村の方々に見張《みは》って頂《いただ》ければ、その間に自分の仕事ができる」

「あなたの……お仕事？」首を傾《かし》げたルー夫人にヴァロフェスは答えた。

「アレをこの世から消滅《しょうめつ》させることです」


村には、部外者であるリリスとタックを含《ふく》め、二十人ほどの子供がいた。

彼らの避難《ひなん》が完了《かんりょう》するのを見届《みとど》けてからヴァロフェスは一人、館を後にした。

森の入り口を目指し、長い丘の道を下ってゆく。

途中《とちゅう》、世話をする者がいなくなり、囲いの中で悲しげな声で鳴いている山羊《やぎ》達を横目に見ながら、ヴァロフェスは黙々《もくもく》と歩き続けた。

「おおい、ちょっと待てよ！」

後ろから大きな声がした。見ると旅芸人達の用心棒《ようじんぼう》の若者《わかもの》が大急ぎで道を駆《か》け降《お》りてくる。確《たし》かアブンとかいう男だ。

「……何か用か？」

息を切らせて追いついた若者に低くヴァロフェスは尋ねた。

「まあ、そう嫌《きら》うなって」

警戒《けいかい》をとこうと、アブンは両手を広げて言った。

「あんたにゃ、詫《わび》と礼をしなきゃ、と思ってよ。……昨夜、リリスから聞いたんだ。あんた、森でも、リリスとチビを助けてくれたんだってな。あいつら何にも言わねえもんだからさ……」

「偶然《ぐうぜん》だ」ヴァロフェスは肩《かた》をすくめた。「やつらとは個人的《こじんてき》な因縁《いんねん》がある。……成り行きであの子達を救ったが感謝《かんしゃ》されるような事じゃない」

「それでも、だ」

若者は笑みを浮《う》かべた。意外に優《やさ》しさを感じさせる微笑《ほほえ》みだった。

「それでもあんたがあいつらを救ってくれたことにはちがいがねえよ」

無言でヴァロフェスは、さし出されたアブンの手を見つめた。

少し、躊躇《ためら》った後、——ヴァロフェスは短く握《にぎ》り返した。

「なあ……本当に一人でいくのか？」声をひそめ、アブンが尋《たず》ねた。

「リリスが心配してんだよ。あんたは大怪我《けが》負ってるって……。それでよ、もし、俺が代わりにできることがあるなら……」

「ない」きっぱりとヴァロフェスは答えた。

「この仕事は私の仕事だ。……だが、一つだけ頼《たの》む」

うなずくアブンにヴァロフェスは言った。

「あの娘《こ》に、……リリスに、ヴァロフェスが看病《かんびょう》してくれた礼を言っていたと伝えてくれ」

2

少しの間、森の獣道《けものみち》を進み、ヴァロフェスは池にたどり着いた。周囲を木々でぐるりと囲まれた広い池だ。

マントの裾《すそ》を擦《こす》らせながら、ヴァロフェスはその池の古びた桟橋《さんばし》の上を歩いた。

見ると汚《きたな》らしい小船が縄《なわ》で括《くく》りつけてある。躊躇うことなくヴァロフェスはそれに乗り込み、備《そな》え付けの櫂《かい》を手にとった。

水面《みなも》に静かな線を描《えが》きながら、小船は池の中心へと進んだ。

ヴァロフェスは黙《だま》ったまま、水面を見つめた。

池の水面には波一つたっておらず、まるで鏡のように無気味な色に染《そ》まった空を映していた。水底ではぎょっとするほど大きな魚が数匹《ひき》、せわしそうに動く影《かげ》が見えた。

ここ半年で十人以上の子供の命を飲み込んだ池だ。何を食べて育ったのか、考えるだけでもおぞましかった。

「よし」言いながら、ヴァロフェスは櫂を小船の縁《へり》にかけた。

「……はじめるか」

仮面《かめん》の奥《おく》で目を閉《と》じ、ヴァロフェスは頭を天に向けた。

そして、息を吸《す》い込み、――ヴァロフェスの口から異様《いよう》な叫《さけ》び声がほとばしった。

その野鳥のような甲高《かんだか》い叫び声は、人間のものとしては、いや、この世のものとしてはあまりにも異質だった。

波紋《はもん》となった叫び声は、池の水面に大きな渦《うず》を生みだし、森の木々を大きく震《ふる》わせた。

同時に周囲に濃《こ》い霧《きり》がたちこめ始める。霧が池を覆《おお》い尽《つ》くすまで数分とかからなかった。

「……さあ、子供たち。聞かせてくれ」

霧の中にじっと目を凝《こ》らしながら、黒衣の男は呼びかけた。その声は恐《おそ》ろしく冷たく、人間味のかけらもなかった。

「一体、誰《だれ》がお前達を殺した？」

と、ヴァロフェスの呼びかけに応《こた》えるかのように、霧の中から小さなすすり泣きが聞こえてくる。

それと同時に、青い鬼火《おにび》が一つ、二つ、三つと水の上で燃《も》え上がる。冷たい炎《ほのお》は渦巻きながら、小さな人間の形へと変わってゆく。

池の水の上に幼《おさな》い子供達が青ざめた姿《すがた》でゆらゆらと立ち上がっていた。

顔の半分を骨《ほね》に変えた男の子がいた。首をおかしな方向に折り曲げた女の子がいた。

彼らは皆《みな》、この池の底に沈《しず》んでいる子供達だった。ヴァロフェスの『鳴き声』の魔力《まりょく》によって、半物質の死霊《しりょう》と化していた。

「教えてくれ。殺したのは誰だ？」

すすり泣く死霊達にヴァロフェスはもう一度、尋《たず》ねた。

――分からない。ぼくたちわたしたち分からない。

穴《あな》のように虚《うつ》ろな目でヴァロフェスを見つめながら子供達は歌うように声を揃《そろ》えた。

「思い出すんだ」執拗《しつよう》にヴァロフェスは言った。

「誰が君達をこの池に沈めた？」

――ぼくたち、わたしたち、……代わりなの。

「代わりだと？　何の代わりだと言うんだ？」

――もう、嫌《いや》だ。ここは嫌。もう、ここは嫌だ。

――だけど帰してもらえない。ぼくたちわたしたちお家に帰してもらえない。

──帰りたい、帰りたい。

「待て。まだ消えるな。まだ、何も……」

急速に小さくなってゆく青い炎に向かってヴァロフェスは言った。しかし、その声は霧《きり》の中で空《むな》しく響《ひび》いただけだった。

「怯《おび》えて隠《かく》れてしまったか……」

と、ヴァロフェスが呟《つぶや》いた時、

「王子よ、……惨《むご》いことをなさいますな」

穏《おだ》やかな声が、背後《はいご》で、ヴァロフェスのすぐ後ろで聞こえた。

それは忘《わす》れられない声だった。この十年間、追い続けた者の声だった。

ヴァロフェスは己《おのれ》の背後の空間に、白い染《し》みが広がってゆくのを悟《さと》った。

冷たく、現実感《げんじつかん》の欠片《かけら》も匂《にお》わせない完全な白。

それは白い闇《やみ》だった。

静かな水面《みなも》に、ひらひらとはためく白衣の裾《すそ》が映った。

ヴァロフェスの背後にその人物、──真珠《しんじゅ》のような光沢《こうたく》のある白衣に身を包み、深くかぶった頭巾《ずきん》で顔を隠した魔術師《まじゅつし》、マクバが忽然《こつぜん》と姿を現した。

ぎりぎりっ、と奥歯《おくば》を噛《か》み締《し》めヴァロフェスは腰《こし》のステッキに手を伸《の》ばした。

胸が剣《けん》で引き裂《さ》かれたように痛み、どす黒い炎《ほのお》が燃え盛《さか》るのを感じた。

「現世を忘《わす》れかけ、水の精霊《せいれい》達と溶《と》け合うことで、悲しみなど知らぬ川の妖精《ようせい》へと転生《てんせい》しかけていた幼子達を……。死霊《しりよう》に変えるとは……」

くくっ、とひきつった笑い声が耳元で聞こえた。

「恐《おそ》ろしい方だ、あなたは」

「マクバァァ！」

血を吐《は》くような怒号《どごう》がヴァロフェスの口から発せられた。

手にしたステッキを振《ふ》り向きざま、斜《なな》めに振り上げる。

しかし、その柄頭《えがしら》はむなしく空を切っていた。

小船の上にはヴァロフェス一人だけだった。

「どこだ！　どこにいる、マクバ！」

怨敵《おんてき》の名を呼びながら、ヴァロフェスはステッキを闇雲《やみくも》に振り回した。

と、ひんやりと冷たい腕《うで》が首筋《くびすじ》に巻き付く。

「ああ、愛《いと》しいわが王子よ。そう焦《あせ》らずともわたしはここに」

「捜《さが》したぞ、マクバ。お前は私から全《すべ》てを奪《うば》った。幸せをちらつかせ、私が手を伸ばした途端《とたん》に消してしまったんだ」

砕《くだ》けんばかりにその腕を摑《つか》みながらヴァロフェスは唸《うな》った。

「私が今日まで生き長らえたのは……すべてはお前を滅《ほろ》ぼすためだ」

「ほう、それは光栄なことですな」

「貴様《きさま》の計画とやらは必ず潰《つぶ》してやる。貴様とおぞましい契約《けいやく》で獣《けもの》に成り果てた連中どもな！」

息を荒《あら》らげながら、ヴァロフェスは言った。

「私はお前達全てを……」

「存《ぞん》じておりますよ」あっけらかんとした口調でマクバが言った。

「あなたのなさることは全て見ておりました。全てね」

「何？」

「王子。あなたは各地の『叫《さけ》ぶ者』のもとを訪《たず》ねられ、一人ずつ消滅《しょうめつ》させて来られましたね。それが、わたしに復讐《ふくしゅう》する手段《しゅだん》だと信じられて」

マクバの腕を摑むヴァロフェスの手に力が込められた。

みしり、と音をたて、マクバの腕が肩《かた》の付け根からもぎ取られる。

ヴァロフェスは勢《いきお》い余《あま》って、小船の縁《へり》に倒《たお》れかかっていた。もぎ取ったマクバの腕が、岸辺にはえている葦《あし》の束へと変わる。

くくっ、とマクバの声がまた笑った。

すでにその姿《すがた》は見えない。

「ご苦労様、と言って差し上げましょう。そのようなことをせずとも、わたしはあなたのすぐ横にいましたのに」

「嘘《うそ》だ」ヴァロフェスはうめいた。

「でたらめを言うな……」

しかし、頭の中に次々と蘇《よみがえ》る映像《えいぞう》がその否定《ひてい》の言葉を撥《は》ね除《の》けていた。

死体が累々《るいるい》と横たわる戦場。大勢《おおぜい》の人間でにぎわう都市。物々しい貴族《きぞく》の城《しろ》。白く焼けた砂漠《さばく》。闇《やみ》を含《ふく》んだ森……。

それらの全《すべ》てにヴァロフェスは見覚えがあった。それらは全て彼がこの十年間で訪ねた土地の記憶《きおく》だった。

そしてその全ての土地にマクバはいた。

マクバはいたんだ。

ヴァロフェスははっきりと思い出していた。

やつは常《つね》に私のそばにいたんだ。その顔に皮肉の笑《え》みを浮《う》かべて。

しかし、なぜだ？

ヴァロフェスは自問した。

なぜ私は気がつかなかった？　私の心はマクバへの復讐心《ふくしゅうしん》で一杯《いっぱい》だったというのに。

「わたしが何者かまだ分からないご様子ですな、王子」

楽しげなマクバの声が、小船を中心にグルグルと回った。

「実のところをいいますと、わたしは路上の小石のように大変、ありふれた存在《そんざい》なのです。だから、誰も気づかない。誰もわたしの邪魔《じゃま》ができないのです」

と、ヴァロフェスの背後《はいご》で水の跳《は》ねる音が聞こえた。

ゆっくりとヴァロフェスは振《ふ》り返った。

そして見た。

幾《いく》つもの小さな手、——真っ青になり所々魚に食われたあとのある子供《こども》の手が、何かを掴《つか》もうとするかのように蠢《うごめ》きながら水面《みなも》から突《つ》き出されるのを。

「さて。王子、そろそろ宴《うたげ》を始めましょう。あなたの『父君』は、今一度、あなたが本来のお姿に戻《もど》られることを求めておいでです。その前に余興《よきょう》を一つ……」

伸《の》びた手の一つが小船の縁を掴んだ。

「さあ、子供達よ」マクバの声が言った。

「船に乗ったその鴉《からす》さんと遊んでおあげ。そうすれば優《やさ》しい魔《ま》法使《ほうつか》いが、お前達を家にかえしてあげよう」

マクバの声に応《こた》えるかのようにゆっくりとそれは船の上に這《は》い上がった。ヴァロフェスは言葉を失ったまま、呆然《ぼうぜん》とそれを見つめた。

「お家に帰れる！　お家に帰れる！　帰る帰る！」

それは目蓋《まぶた》のない目玉をぎょろつかせ、わめいた。どろりとした緑色の鱗《うろこ》が、幼《おさな》い死者の顔にびっしりと張《は》り付いていた。

「だから、だから……」

ぬめりのある魚の頭をした子供達が声を揃《そろ》えて言った。

「お前が死ね」

ヴァロフェスは答えなかった。

無言のまま、ステッキを構《かま》え直す。

仮面《かめん》の奥《おく》の瞳《ひとみ》が血のように赤く輝《かがや》いた。

3

嫌《いや》な空だ。一降《ふ》りくるかもしれない。

ゴロゴロと轟音《ごうおん》を立て、ときどきすさまじい光を放つ空に身を寄せあう子供達を見つめながら、リリスはそう思った。

村にいた子供という子供はその母親や身内とともに、ここエスメリア・ルーの館《やかた》に集められていた。

今のところ、おかしなことは起きる気配がない。

この提案《ていあん》をしたのはヴァロフェスだが、ルー夫人は快《こころよ》く承知《しょうち》し舞踏会《ぶとうかい》用の広間を貸してくれた。

いいお母さんだったんだね。

そう思いながらリリスは、部屋に飾《かざ》られた家族の肖像画《しょうぞうが》、——その中の少女に無言で語りかけた。

ソフィア・ルー。ルー夫人の死んだ娘《むすめ》だ。

リリスは深いため息をつき、窓《まど》の外に目を向けた。

彼女の膝《ひざ》の上ではしゃべる木偶人形《でくにんぎょう》のオルタンが、なんで俺様《おれさま》がこんな茶番に、とブツブツ文句《もんく》を言い続けている。

館の外は奇妙《きみょう》に薄暗《うすぐら》く、奇妙に明るかった。

ヴァロフェスは昼過ぎに館を出、森に向かった。

それから随分《ずいぶん》と時間がたったような気がするが、外の明るさがまるで変わらないので、今が何時かまったく見当《けんとう》がつかない。

庭には武装《ぶそう》した村の男達がうろうろと歩き回り、落ち着かない様子だ。

「……リリス。リリスや」

出し抜《ぬ》けに名前を呼《よ》ばれ、リリスははっと顔をあげた。

「窓の側《そば》にいるのはおよし。良くない者や変な者は窓から忍《しの》び込《こ》むって昔からいうからね」

タックを抱《だ》きしめながら、床《ゆか》に座《すわ》っているチコリ婆《ばあ》さんが言った。その顔はひどく真剣《しんけん》だった。

「おい、バーさん」目玉を回しながら、オルタンがきぃきぃわめいた。

「変な者って俺様のことじゃねーだろうな!?」

リリスが頭を小突《こづ》いてみると、人形はぐう、と鳴いておとなしくなった。

数日前なら、とリリスはため息まじりに思った。

チコリ婆さんの言うことはつまらない迷信《めいしん》だ、と笑ってすませただろう。

しかし……。

リリスは良くない者を二度も見た。一度目は闇《やみ》の森の中で、そしてもう一度は大勢の人々と一緒《いっしょ》に。

しかも、二度目は目の前で人が二人も殺されている。

恐《おそ》らくこのことは一生悪夢《あくむ》になって彼女を苦しめるだろう。

ため息をつき、リリスはチコリ婆さんの横に腰《こし》を下ろした。

「よお。……変わりないか？」

そう言って顔を見せたのはアブンだった。

彼は何もせずにいることが我慢《がまん》できず、ジョパンニ達や村人達と周囲を見回りに出かけたのだが、もう帰ってきたらしい。

リリスは首を振《ふ》った。

「そうか」と安堵《あんど》したように笑《え》みを浮《う》かべる。

「こっちも何ともない。ひょっとしたら昨夜のバケモノはヴァロフェスの野郎《やろう》が……」

やっつけたのかもな、という希望的なアブンの言葉は男の野太い悲鳴で打ち消された。

チコリ婆さんの言いつけを忘《わす》れ、思わずリリスは窓に身を寄せていた。

そして、見なければ良かった、と激《はげ》しく後悔《こうかい》した。

窓の外には血塗《ちまみ》れになった村人がいた。

そして、彼の肩《かた》や足には、忘れようとしても忘れることのできない異形《いぎょう》の獣《けもの》たちが食いついていた。

異変に気がついた子供《こども》達から、すさまじい金切り声が発せられる。

人の顔をもった狼《おおかみ》たちは、血でベトベトになった唇《くちびる》を、にんまりとゆがませ、けたたましい笑い声をたてた。

第八話　叫《さけ》ぶ者

1

「鎧戸《よろいど》だ！」

泣き叫ぶ子供達に、アブンが怒鳴《どな》った。「鎧戸を落とせ！　ガキども！」

その声に弾《はじ》かれたように、リリスの近くにいた男の子が窓に飛びつく。

鎧戸が落とされるその寸前《すんぜん》、人間の顔を持つおぞましい狼《おおかみ》に背中の肉を食いちぎられた哀《あわ》れな村人が何事かを叫んだ。

その叫び声は厚《あつ》い鎧戸を貫《つらぬ》き、けたたましい断末魔《だんまつま》へと変わった。

それが合図だったかのように館《やかた》の外から、血に飢《う》えた獣《けもの》の笑い声と人々の悲鳴がいくつも聞こえてくる。

「おい、リリス！　あいつら……」

顔面蒼白《そうはく》になりながら、アブンが叫んだ。

「森でタックとあたしを襲《おそ》った奴《やつ》らと同じだよ！」

「ああ、クソ！　一杯《いっぱい》やりてえよ、まったく！」

と、何かが激しく体当たりし鎧戸がゆれた。

ついで鋭《するど》い爪《つめ》の先でガリガリと掻《か》きむしる音。

「ああー、いい匂《にお》いがするうぅぅっ！」

鎧戸の外から、ゲタゲタ笑う声がした。

「子供の匂いだなあ。いる、いる。大勢いるいる」「いっぱい、いっぱい、食べられるなあ」

「目ん玉も一杯食べられる？　食べられる？」「ああ、心臓《しんぞう》でもはらわたでもなあ」「開けろ！　ここ、開けろ、開けろ！」「開けないと殺しちゃうぞ。開けても殺しちゃうけど」

下品な声が鼓膜《こまく》に響《ひび》き渡《わた》り、あまりの喧《やかま》しさにリリスはその場にしゃがみこんでいた。

獣どもの言葉通り、目をえぐられ、腸《はらわた》を掻き出された自分の無惨《むざん》な死に様をリリスは明《めい》確《かく》に思い描《えが》いていた。

ああ、あたし、今度こそ死ぬんだ。

不思議なことに恐怖心《きょうふしん》はさほど感じない。いや、何も感じることができない。

ただ、彼女の身体《からだ》だけが、死への予感で震《ふる》えていた。

「うるせえ！　どっかに行きやがれ！　このゲテモノども！」

アブンが大声で叫《さけ》び、鎧戸《よろいど》を拳《こぶし》で殴《なぐ》りつけた。

どっ、と爆笑《ばくしょう》が外でおこり、窓から離《はな》れていく足音が聞こえた。

片腕《かたうで》をつかんだアブンを、リリスは床《ゆか》に座《すわ》り込《こ》んだまま見上げた。

「おい、リリス。立て」

「あ……アブン……」

「ボンヤリしてる場合じゃねえぞ！　よく聞け、いいか？」

リリスの顔を両手で摑《つか》みグラグラとゆすぶりながら、用心棒《ようじんぼう》は言った。

「あいつら、人を食うらしい。食われたら死ぬ。だから、絶対《ぜったい》、外に出るな」

いや、ちょっと待てよ、と呼吸《こきゅう》を整え直す。

「ここじゃ、駄目《だめ》だ。破《やぶ》られるかもしれねえ……。とにかく、もっと守りの固い所に身を隠《かく》さねえと」

「だったら」と、館《やかた》の下働きの若《わか》い女が泣きじゃくる赤ん坊《ぼう》をあやしながら、声をかけてきた。

「地下に酒蔵《さかぐら》があります。旦那様《だんなさま》が亡《な》くなられてからは誰《だれ》も出入りしていませんが」

「それだよ、それ！」

ひきつった笑顔《えがお》でアブンは女に頷《うなず》き、リリスに向き直った。

「お前ら、全員でそこに隠れてろ。鍵《かぎ》をかけてな。全員でだ」

「で、でも、アブンは……？」震える声でリリスは尋《たず》ねた。

「あんたはどうするの？」

「俺《おれ》か？　俺は外でわめいてるクソどもを追い払《はら》ってくる。座長達《ざちょうたち》や村の奴《やつ》らを助けてやらなきゃなんねえ」

「でも……」

「なあに、心配するな」

アブンは青ざめた顔に無理な笑みを浮《う》かべ、少女の額《ひたい》を突《つ》いた。

「これでも俺は、昔、優秀《ゆうしゅう》な悪魔《あくま》祓《ばら》い師《し》だったからな。あんなやつら、屁《へ》でもねえよ」

ヤケクソ気味に雄叫《おたけ》びをあげ、槍《やり》を振《ふ》り回しながら外に飛び出していったアブンの背中を見送り、リリス達は地下にあるという酒蔵に向かった。

酒蔵は食料貯蔵室《ちょぞうしつ》の真下に作られていた。そこから下る階段《かいだん》の幅《はば》は実に狭《せま》く、子供達は一人一人、順番に階段を下って行かなければならなかった。

「怖《こわ》いよ、リリス」

二段ほど階段をおりたところでタックが今にも泣き出しそうな顔でリリスを見上げた。

「暗いし狭《せま》いし……なんか嫌《いや》な臭《にお》いがする」

「馬鹿《ばか》な餓鬼《がき》だ」

リリスの脇《わき》に抱《かか》えられたオルタンがあざ笑った。

「そりゃ酒の臭いだ」

「男の子だろ。怖がってんじゃないの」

幼《おさな》い少年の背中《せなか》を叩《たた》き、苛立《いらだ》った声でリリスは命じた。

「さっさと降《お》りな。みんなの迷惑《めいわく》だろ」

「きっと大きな、蜘蛛《くも》がいるんだ。それで僕《ぼく》の背中に……」

ぐずぐずと泣きじゃくりながらタックは階段を降りていった。

ため息をつき、リリスも彼の後に続こうとした。

だが、

「ちょっとまって」

リリスは立ち止まり、階下の人々に聞いた。

「奥様《おくさま》は？　お昼の後、ずっと見ていないような気がするんだけど」

「ああ、いけない！　てっきり一緒《いっしょ》にいらっしゃるものだと……」

ランプの薄明《うすあか》りの中でこの酒蔵の話をした若い女がぎくり、と口に手を当てた。

「きっとまだお部屋にいらっしゃるんだわ。この騒《さわ》ぎを聞いていないはずはないけれど」

何てこった。

リリスは冷や汗《あせ》が流れるのを感じた。

館《やかた》の中とはいえ、こんな時に女の人が一人になるなんて。まったく村の連中もウチの芸人達も馬鹿《ばか》ぞろいだ。

いささか理不尽《りふじん》な憤《いきどお》りを覚えながら、リリスは女に言った。

「じゃあ、あたしが奥様を呼《よ》んでくるよ」

「おいおい、馬鹿言うな」

呆《あき》れたようにオルタンが口を挟《はさ》んだ。

「なあ、リリスちゃんよお。お前さん、今、どんな状況《じょうきょう》かわかってねえのか？『叫《さけ》ぶ者』がわらわらやってきてんだぜ？一人になるなんて自殺行為《こうい》だぜ？」

「じゃあ！」リリスは声を荒《あら》らげた。

そして目玉をくるくる回すオルタンの首を引っ摑《つか》んだ。

「あんた、一緒に来てよ。それなら一人じゃないでしょ！」

ぎゃあぎゃあという人形の抗議《こうぎ》を無視《むし》して、リリスは食料貯蔵室から出た。

2

水を吸《す》い込《こ》み、重くなったマントを引き摺《ず》りながら、ヴァロフェスはようやく岸辺にたどり着いた。

鋭《するど》い爪《つめ》と牙《きば》によって、粉々に砕《くだ》かれた小船の木片《もくへん》が足下《あしもと》でただよっている。

呼吸《こきゅう》を整え、ヴァロフェスはゆっくりと後ろを振《ふ》り返った。池の上を覆《おお》っていた霧《きり》は、すでに吹《ふ》き払《はら》われていた。

鏡のように澄《す》んだ水面《みなも》に、十体もの小さな人影《ひとかげ》が浮《う》かび上がっている。それはぶよぶよにふやけた子供《こども》達の水死体だった。子供達の遺体《いたい》は、ヴァロフェスのステッキによってあちこちが無惨《むざん》に打ち砕かれていた。

気にするな。

こみあげる吐《は》き気をこらえながら、ヴァロフェスは自分に言い聞かせた。

よくある事じゃないか。長い旅の間、こんな事は何度もあった。いちいち気にするほどのことじゃない……。

――ひどいよ。

岸に這《は》い上がったヴァロフェスの背中に恨《うら》みがましい子供の声が突《つ》き刺《さ》さった。

──お家に帰れると思ったのに。お家に帰りたかっただけなのに。

──殺した、殺した。鴉男《からすおとこ》が殺した。ぼくたちを鴉男が殺した。

──こいつ、そんなの平気なのよ。もっと大勢《おおぜい》の人を殺したことだってあるんだもの。

──ヴァロフェスだなんて人間の名前で、人間のふりしてさあ。馬鹿《ばか》みたい。

──自分こそ、生まれつきの……

「黙《だま》れ」

目をぎらつかせ、ヴァロフェスは一言、命じた。怯《おび》えたように空気が揺《ゆ》れ、ぴたり、と子供達の囁《ささや》き声が消えた。


ヴァロフェスは村を目指し、森の道を走った。翠玉《すいぎょく》が丘《おか》に近寄《ちかよ》るごとに腐臭《ふしゅう》が強くなる。なぜ、気がつかなかった。気配は常《つね》に感じていたというのに。

走りながら、ヴァロフェスは己《おのれ》の未熟《みじゅく》さを呪《のろ》った。

ルー夫人は、夫と娘《むすめ》を池で失ったとリリスから聞いていた。

遊んであげて、と何者かに頼《たの》まれ、池の底に沈《しず》んだ子供達。

その子供達は、マクバの一言で魚の頭を持つ異形《いぎょう》のもの、──『叫ぶ者』へと変化した。

そして、彼らの命を奪《うば》ったのは……。

（マクバ、貴様《きさま》が何なのかやっとわかった）

走りながら、ヴァロフェスは、心の中で問いかけていた。

（お前は自分がありふれた存在《そんざい》だと言った。確《たし》かにそうだ。私は様々な場所でお前の気配を感じ、実際《じっさい》にお前はすぐそこにいた）

――絶望《ぜつぼう》。


（……それがお前の本当の名前だろう）

と、村のほうから人々の悲鳴と怒声《どせい》が聞こえた。

「然《しか》り」と楽しげな声が走り出したヴァロフェスの耳元で囁《ささや》かれる。

「それがあなたのお父上が最も愛され、最も使役《しえき》されるしもべの名です。しかし、もう一つ、わたしには名前がある。それは」

マクバの声は、少し間をあけて言った。

「希望。一つの希望は、人間を闇《やみ》に突《つ》き落とす絶望のはじまりであるがゆえに」

ヴァロフェスの口元が自嘲《じちょう》の笑《え》みに歪《ゆが》んだ。

これが答えか。

十年間にもおよぶ血塗《ちぬ》られた戦いの旅の……。

「おっ、ヴァロフェス！　いいところに！　さっきから俺《おれ》一人で戦ってんだよ」

人面狼《じんめんおおかみ》の胴《どう》に、槍《やり》の穂先《ほさき》を突き立てたまま全身を血に染《そ》めたアブンが叫《さけ》んだ。

ヴァロフェスの目には、返り血よりもアブン自身が流した血のほうが多いように思えた。

アブンに救われた村人の男が、泣き叫《さけ》び、手にした鍬《くわ》を投げ捨《す》てながらその場から逃《に》げ去って行く。

「あ、こら！　逃げるな、手伝え！　馬鹿野郎《ばかやろう》！」

必死の形相で人面狼を地に押《お》さえつけながら、アブンは男の背中《せなか》に罵声《ばせい》をなげつける。

ヴァロフェスは無言で、アブンに近寄った。そして、銀のステッキを大きく振《ふ》り上げる。

そして、口から黄ばんだよだれをまき散らす人面狼の額《ひたい》を粉々に打ち砕《くだ》いた。

「……助かったぜ」

顎《あご》を手の甲《こう》で拭《ぬぐ》いながらアブンは言った。

「あんたが出かけた後、こいつら現《あらわ》れやがった。昨夜のデカブツの仲間か？」

「いや、こいつらは強い魔力《まりょく》に魅《ひ》かれて集まっただけだ」

ふん、とアブンは鼻を鳴らした。

「じゃ、糞《くそ》に群《むら》がる蠅《はえ》みたいなもんか。……お陰《かげ》で、村の奴《やつ》らを、そこらの建物の中に逃げ込ませるために走り回らされたよ」

「……賢明《けんめい》な判断《はんだん》だ」ステッキを拭いながらヴァロフェスは言った。

「力の弱い『叫ぶ者』は、家の主《あるじ》に招《まね》かれない限《かぎ》り、そこに入ることはできない」

照れ笑いを浮《う》かべたアブンに草むらから、別の人面狼が大口を開き飛びかかった。

辛《かろ》うじてその攻撃《こうげき》をかわしたアブンに、ヴァロフェスは言った。

「こいつらを相手にしてもきりがない。魔力の大元を絶《た》たねばな」

「つまり……本命を始末しねえとこいつらはいつまでもここにいるってわけか？」

泣き出しそうな顔でアブンは槍を構《かま》え直した。

無言でヴァロフェスは丘《おか》の上を見上げた。

3

「奥様《おくさま》っ！」叫んでリリスはルー夫人の寝室《しんしつ》に飛び込んでいた。

本当ならまずノックをするのが礼儀《れいぎ》なのだろうが、今はそんな余裕《よゆう》はない。

「まあ、リリス。お人形さんも」

鏡台の前に腰《こし》をかけていたルー夫人が驚《おどろ》いたように目を丸くした。

「そんな大きな声を出して……。何かあったの？」

「何かあったの、じゃないよ！」

もどかしくてリリスは地団太《じだんだ》を踏《ふ》んだ。

「バケモノが、狼《おおかみ》が……バケモノが村を襲《おそ》ってるんだ。アブンが今、外でみんなを助けているけれど早く安全な場所に隠《かく》れなきゃ！」

「そう。……心配して迎《むか》えに来てくれたのね」

「当たり前だろ？」

言いながらリリスは部屋の中にオルタンを投げ捨て、ルー夫人に近づいた。

そして、小首を傾《かし》げるようにして
「みんな、地下の酒蔵《さかぐら》にいるよ。さあ、あたし達も早く……」

行こうよ、と言いかけてリリスは絶句《ぜっく》した。

レースのついた袖《そで》から、ルー夫人のか細い手首が覗《のぞ》いている。

その手首にリリスは理解《りかい》できないもの、理解したくないものを見た。

「ど、どうして？」

血の気が引くのを感じながら、リリスは一歩後退《あとずさ》りした。

「どうして？　どうして奥様にそんな……」

言葉を続けられない少女に、無言のまま悪戯《いたずら》っぽく微笑《ほほえ》み、ルー夫人は袖をまくった。なめらかな白い肌《はだ》の上に、焼き付いたように痛《いた》ましい鎖《くさり》の跡《あと》が腫《は》れあがっていた。それは昨夜、ヴァロフェスの使った鎖と全く同じ型だった。

「……これはね、少し油断《ゆだん》してしまったの。やっぱり、あの御方《おかた》の言いつけには気をつけないと駄目《だめ》ね。銀は触《ふ》れただけで火傷《やけど》してしまう」

夢《ゆめ》でも見ているような口調でルー夫人は言った。

と、リリスの入ってきた扉《とびら》が、ひとりでに閉《し》まった。

反射的《はんしゃてき》にリリスは把手《とって》に飛びついていた。

しかし、——開かない。

把手を回すことはできたが、扉を開くことはどうしてもできなかった。まるで、何かの魔力《まりょく》が働いているかのように。

「お、おい」床《ゆか》に投げ出されたオルタンが低い声で言った。

「これって、……凄《すご》くヤバイ状況《じょうきょう》じゃねえか？」

リリスは答えなかった。いや、答えられなかった。

自分でもよく分からないことを呟《つぶや》きながら、必死になって把手を回し続けた。

「……行かないで。リリス」

ルー夫人の優《やさ》しい声が耳元でした。

振《ふ》り返るといつの間にか、夫人は立ち上がり、リリスのすぐ後ろに立っていた。

そっとルー夫人の手がリリスの顔を撫《な》でる。

冷たい！

リリスは声にならない悲鳴をあげた。

それは、傷《きず》を負ったリリスの額に優しく触れた女性の手とはまったく別のものだった。

氷を押《お》しつけられたような感触《かんしょく》。とても生きた人間の体温とは思えない……。

「リリス、あなたには、わたしと一緒《いっしょ》にお客様をお出迎《でむか》えしてほしいの」

「お、お客様？」

「そう。とても大切なお客様」ルー夫人は微笑《ほほえ》んで答えた。

「わたしの娘《むすめ》を、ソフィアを返してくださるお客様よ」

微笑むルー夫人の目が金色に輝《かがや》いた。

と、部屋の隅《すみ》で動くものがいた。

真珠《しんじゅ》のような光沢《こうたく》をもつ白衣の裾《すそ》が床《ゆか》に擦《こす》れる音をたてながら、それはゆっくりと立ち上がった。

ひっ、と小さく悲鳴をあげてリリスは身を強《こわ》ばらせた。

知っている。

狂気《きょうき》じみた考えが、リリスの胸中《きょうちゅう》によぎった。

わたしはこいつを見たことがある。

まだ小さかったあたしが、死体焼き場で、疫病《えきびょう》で死んだ母さんがまるでゴミのようにほかの死体と一緒に焼かれるのをボンヤリ見ていた時、すぐ傍《そば》にいた。

街の路地裏《ろじうら》で、食べるものがなくて、死にそうになっていた時も、こいつはすぐ傍《そば》であたしを見ていた。

座長達《ざちょうたち》に引き取られた後、ひどい熱病を患《わずら》った時も……。

生まれて始めて乗った船が嵐《あらし》に見舞《みま》われ、長時間、遭難《そうなん》した時も……。

何なの、これ！

吐《は》き気を覚えながら、突如《とつじょ》として蘇《よみがえ》った記《き》憶《おく》の渦《うず》にリリスは混乱《こんらん》した。

突如、現れたこの白衣の魔人《まじん》は記憶の中で常《つね》にリリスの傍にいた。

「やあ、リリス」親友と話すような親しげな口調で魔人が言った。

「こんな風に直接《ちょくせつ》、口をきくのは久《ひさ》しぶりだな」

4

「……何だって？」

噛《か》みつかれ、引き裂《さ》かれ、傷だらけになった身体《からだ》に薬草をもみこんでもらいながら、アブンが言った。

「じゃあ、リリスのやつ、あの奥《おく》さんを探《さが》しにいったきりだってのか？」

酒蔵《さかぐら》に集められた子供達《こども》やその母親達が不安げな顔でアブンにうなずいた。

「じゃあ、探しにいかねえと……」

「待て」肩《かた》に食いついたままの人面狼《じんめんおおかみ》の首を揺《ゆ》らしながら、ヴァロフェスが言った。

「君は怪我《けが》をしている。あまり、動かないほうがいい」

「……お前だって、怪我してるじゃねえか」

「この程度《ていど》、いつもの事だ」

「で、でもよ……」

「君はここで子供達を守れ」食い下がるアブンにヴァロフェスはいった。

「二人のことは私に任《まか》せろ」

ヴァロフェスは一人、屋敷《やしき》の中に戻《もど》った。

そして、二階へと続く階段《かいだん》を駆《か》け上がる。

階上からは凍《こお》りつくような邪気《じゃき》が、見えない気流となって渦巻《うずま》き、吹《ふ》き下りていた。

感覚を磨《と》ぎ澄《す》ましながら、ヴァロフェスはその発生源《はっせいげん》を辿《たど》った。

やがて、とある部屋の扉《とびら》の前にたどり着く。

そこはこの館《やかた》の女主人、エスメリア・ルーの寝室《しんしつ》だった。

間違《まちが》いない。ここだ。

確信《かくしん》し、ヴァロフェスは銀細工のステッキを強く握《にぎ》り締《し》めた。

この扉の向こうに『叫《さけ》ぶ者』がいる。そして、それらを生み出す魔術師《まじゅつし》マクバも。

ヴァロフェスは深く息を吸《す》い込み、——渾身《こんしん》の力をこめて厚《あつ》い扉を蹴《け》り開けた。

「……これは」

その光景にヴァロフェスは思わず、声をあげていた。

部屋の中心には奇妙《きみょう》な物が浮《う》かんでいた。

それは巨大《きょだい》な水の球だった。水草と泥《どろ》の臭《にお》いを放ちながら、水球はごうごうと音をたて水しぶきを飛ばしていた。

緑色に濁《にご》った水球の中には、一人の少女、——リリスが取り込まれ、苦しげにもがいている。

「あっ！　やっと来やがった！」床《ゆか》の上に投げ出された木偶人形《でくにんぎょう》がヴァロフェスに気がつき叫ぶ。「さっさと何とかしやがれ！」

ヴァロフェスは、ステッキを摑《つか》み直した。そして、素早《すばや》く駆け寄り、するどい先端《せんたん》で水球を突《つ》き刺す。

その一刺《さ》しが水に宿っていた魔力を打ち消した。ざばん、という音をたてて、水球の形は崩《くず》れ、ただの水となって床に落ちる。

「リリス。しっかりしろ」

何とか床に両手をつき、水をはく少女にヴァロフェスは駆け寄った。

「……大丈夫《だいじょうぶ》」濡《ぬ》れた髪《かみ》の中で、無理な笑《え》みを浮かべ、リリスは掠《かす》れた声で言った。

「あたし、こう見えても……泳ぐの得意だから」

少女に何か言おうと、口を開きかけたヴァロフェスの背後《はいご》から冷たい殺気が投げつけられた。

「どうしてなの？」

肩《かた》を震《ふる》わせ、青ざめた顔で殺気の主が尋《たず》ねた。

「どうしてわたしの願いが成就《じょうじゅ》するのを邪魔《じゃま》するの？　後、一人。後、一人で終わりなのに……」

「……やはり、あなただったか」

静かにヴァロフェスは立ち上がった。そして髪の毛を掻《か》きむしりながら、奇妙《きみよう》な呻《うめ》き声をあげる女に冷淡《れいたん》に言った。

「エスメリア・ルー。あなたは十人もの子供の命と引き換《か》えに、やつから何を得るつもりだ？……人間であることをやめて」

「おだまり！　このいやらしい鴉《からす》！」

女は、――ルー夫人は蛇《へび》のような顔で叫《さけ》び、柔《やわ》らかな唇《くちびる》に隠《かく》されていた牙《きば》を剝《む》いた。

「ああ、ソフィア！　わたしはソフィアを返してくださるよう毎日、神に祈《いの》りを捧《ささ》げた！毎日、毎日！　でも、神は何も答えてくださらなかった！　それも当然だわ。神など初めからこの世界にはいないんだから！

でも、あの日……あの御方《おかた》がわたしに教えて下さった。わたしのソフィアは池の精霊《せいれい》に気に入られて連れていかれてしまったんだって。だから、取り戻《もど》すためには代わりの……遊び相手を十一人用意しなければいけない……」

「お、奥様《おくさま》……」床《ゆか》に両膝《りようひざ》をついたまま、リリスが悲しげな声で囁《ささや》きかけた。

一瞬《いっしゅん》、ルー夫人の表情《ひようじよう》がぎくり、と固まる。そして下唇をかみながら目を逸《そ》らす。

「最後の十一人目にこの娘《むすめ》を選んだ、というわけか」

「……その通り」目を血走らせ、口元に引きつった笑《え》みを浮《う》かべながらルー夫人は答えた。

「今、あの御方が最後の準備《じゅんび》をしてくださっているわ。わたしと娘がこれから過《す》ごしてゆく世界の門を開くために」

「何？」ヴァロフェスの声に驚愕《きょうがく》がこもった。

「やつは、マクバはこの村に、『無の都』を呼び出すつもりなのか？」

「無の都？……何だって構《かま》わないわ。わたしはそこで娘と幸せな生活を取り戻すの。絶対に邪魔はさせない」

「嘘《うそ》だ」狂《くる》った笑みを浮かべる女性《じょせい》にヴァロフェスは短く告げた。

「マクバの言うことは全《すべ》て嘘だ。マクバは人に何も与《あた》えない。マクバが人に与えるものは苦痛《くつう》だけだ」

「な、何を馬鹿《ばか》な。あの方は特別な目的があってこの世界に遣《つか》わされた……」

「子供《こども》を殺すことを勧《すす》めたヤッを天使だとでも思いたいのか？　ヤツの目的はただ一つ。──この世を呪《のろ》いで満たすことだ。あなたや私のような者で」

言いながらヴァロフェスは肩《かた》に食いついたままの人面狼《じんめんおおかみ》の首を引き剝《は》がした。牙で引き裂《さ》かれた肉体から血が溢《あふ》れ出る。

「あなたにも、分かっていたはずだ。……一人目の子供を手にかけたその時に……」

「ああ、やめて……」ルー夫人の声が恐怖《きょうふ》に上擦《うわず》った。

両手で固く耳を塞《ふさ》ごうとする。

「子供達は、あなたに池の底に沈《しず》められた子供達は最後に何と言った？　彼らが死の間際《まぎわ》に放った言葉は？」

「やめて、やめて」

「……彼らはあなたの娘と同じ事をいったはずだ」何の感情も感じさせぬ声でヴァロフェスは言った。「お母さん、助けて、と」

5

ルー夫人の口から叫《さけ》び声がほとばしるのをリリスは聞いた。

その叫び声はリリスが知るどんな叫び声とも違《ちが》っていた。

冷たい、氷のような鉤爪《かぎづめ》で魂《たましい》をかきむしられる恐怖感、悲しみ、そして孤独《こどく》がリリスの全身を走り抜《ぬ》けた。

叫び声をあげ続けるルー夫人の背中《せなか》が大きく膨《ふく》らんだ。ドレスの背中が引き裂かれ、そこから溢れ出た黒い剛毛《ごうもう》に覆《おお》われた長い足が伸《の》びる。

黒い剛毛は、それ自体が生命を持っているかのように、ルー夫人の全身を覆い隠《かく》してゆく。そして槍《やり》のような八本の脚《あし》が、剛毛の中から迫《せ》り出してくる。

嫌《いや》だ。

リリスは泣きじゃくりながら首を振《ふ》った。

こんなの嫌だ。こんなの。


「終わりにしよう……ルー夫人」

ステッキを握《にぎ》り直し、静かな口調でヴァロフェスが黒い異形《いぎょう》のものに語りかけた。

金色に輝《かがや》く幾《いく》つもの目の下で、ざっくりと横に裂《さ》けた口からうなり声が漏《も》れる。

そして槍のように鋭《するど》い爪《つめ》のある足を振り上げて、彼を串刺《くしざ》しにしようとする。

と、ヴァロフェスが大きくマントを翻《ひるがえ》した。

爪はマントを床《ゆか》に縫《ぬ》いつけたが、ヴァロフェス自身はそこにはない。

「あなたの業《ごう》は」音もなく怪物《かいぶつ》の背中に飛び乗ったヴァロフェスが言った。その手には先を鋭く尖《とが》らせた銀のステッキが握り締《し》められている。

「私がすべて焼き払《はら》う」

言いながら、ヴァロフェスはステッキを背中に突《つ》き立てた。

大きく裂けた口から痛みと怒《いか》りを訴《うった》える絶叫《ぜっきょう》がほとばしる。その振動《しんどう》を受け、部屋の窓《まど》と言う窓が一斉《いっせい》に砕《くだ》け散った。

怪物と化したルー夫人が吠《ほ》えた。

吠えながら激《はげ》しく身体を揺《ゆ》さぶり、ヴァロフェスを放《ほう》り投げようとする。放すものか。

歯を食いしばり、ヴァロフェスは更《さら》にステッキを深く食い込ませる。ステッキを通じて、怪物の、つまりルー夫人の思念が頭の中に入り込んでくる。

静かな池。

その中心で波紋《はもん》を広げる転覆《てんぷく》した船。

手足をばたつかせ、水の中を浮《う》き沈《しず》みする少女。

水の上を滑《すべ》って行く小さな水蜘蛛《みずぐも》。

ああ、わたしもこの蜘蛛のように水の上を歩くことができたならあの子を助けてやることができたのに。

ああ、ごめんなさい。ごめんなさい。ごめんなさいごめんなさいごめんなさい……。

水の中から現れる白衣の魔術師《まじゅつし》。

「わたしはお前の魂《たましい》の裂け目からやってきた」

喉《のど》の奥《おく》で笑いながら魔術師が言う。

「さあ、わが友よ。願い事を口にしたまえ」

と、ステッキを握《にぎ》り締める手からほんの少し、力が緩《ゆる》んだ。

勢《いきお》い余《あま》ってヴァロフェスは壁《かべ》に激しく叩《たた》き付けられた。

昨夜も傷《いた》めた背骨《せぼね》を再《ふたた》び、強く打ち、口から血反吐《ちへど》が吐《は》き出される。薬草を塗《ぬ》り、包帯を巻《ま》かれた傷口も開き、血が溢《あふ》れ出るのが分かった。

リリスが叫《さけ》ぶように名前を呼ぶのが聞こえた。

「殺してやる」じわじわと歩み寄りながら怪物《かいぶつ》は言った。

青白い女の手が伸《の》び、銀のステッキを引き——、床《ゆか》に投げ捨《す》てる。

「殺してやる殺してやる殺してやる……殺してやる！」

かたん、と乾《かわ》いた音を立てて、ヴァロフェスのステッキが床に転がる。その衝撃《しょうげき》で留め金が外れ、柄《え》に収納《しゅうのう》されていた鎖《くさり》が投げ出された。

「殺してやる」

怪物はもう一度言った。壁に背をもたれさせ、何とか立ち上がろうと喘《あえ》ぐヴァロフェスににじり寄る。

そして、鋭《するど》いつま先を持った脚《あし》が一本、ヴァロフェスの頭上に高々と振《ふ》り上げられた。

と、その時、

「やめて！」

そう叫びながら、リリスがヴァロフェスの前にたった。泣き叫ぶ少女の頭上で鋭い爪《つめ》が静止《せいし》している。

「こんなのもう沢山《たくさん》……！　ね、お願いだから奥様《おくさま》、元の姿《すがた》に戻《もど》ってよ……」

哀願《あいがん》するリリスの言葉に聞き入っているのか、怪物は脚を振り上げたまま、微動《びどう》だにしない。

ヴァロフェスは、ちらりと床に転がるステッキを一瞥《いちべつ》した。

武器《ぶき》を取り戻すなら今しかない。

ヴァロフェスは残った力を振り絞《しぼ》り、ステッキに手を伸ばした。

ようやく指先が鎖に触《ふ》れた。

じゃら、という鎖の擦《こす》れる音に、反応《はんのう》し、怪物が大声でわめきながら、再び、足を振り上げた。

ヴァロフェスは、素早《すばや》く目の前に立つ少女の襟首《えりくび》を掴《つか》んで、後ろに引き倒《たお》していた。

それと同時に鎖を掴んでステッキを引き寄せ、突進《とっしん》してきた怪物めがけて矢のように投げ放った。

ステッキは狙《ねら》い違《たが》わず、剛毛《ごうもう》の中から突《つ》き出た二本の女の腕《うで》の間を貫《つらぬ》いていた。

巨体《きょたい》が斜《なな》めに傾《かたむ》き、——大きな音をたてて横に倒《たお》れる。

「畜生《ちくしょう》！　畜生！　畜生！　畜生畜生畜生！」

倒れてなお怪物《かいぶつ》は、ヴァロフェスに向かって唸《うな》り声をあげた。

「わたしはソフィアを、娘《むすめ》を、娘を！」

傷口からおびただしい血を流し、ぴくぴくと痙攣《けいれん》しながらも、怪物は倒れた身体《からだ》を引き摺《ず》り、女の白い手を伸《の》ばしてくる。

凄《すさ》まじいまでの殺気を燃《も》え上がらせながら。

苦痛《くつう》にうめきながら、ヴァロフェスが立ち上がろうとした時——

「……リリス？」

ヴァロフェスは我《わ》が目を疑《うたが》った。

リリスが、おぞましい剛毛に覆《おお》われた怪物《かいぶつ》の身体をしっかりと抱《だ》きしめたのだ。

「もう、やめて。奥様」

唸《うな》り声をあげる怪物を抱きしめたまま、少女が震《ふる》える声で言った。

「もう、これ以上、苦しむのはやめて。ソフィアがかわいそうだよ！　大好きなお母さんがそんな姿になるなんて！　自分の為《ため》に人を傷つけてるなんて！」

懇願《こんがん》するリリスの叫《さけ》びと同時に、部屋をまばゆい輝《かがや》きが襲《おそ》った。

獣《けもの》の唸り声がとまった。

かわりに聞こえてきたのはリリスの嗚咽《おえつ》する声だけだった。

ヴァロフェスは苦痛に呻《うめ》きながら、立ち上がった。泣きじゃくるリリスの肩《かた》を抱き、自分が打ち倒した相手に目を向ける。

そこには、怪物の姿はなかった。脇腹《わきばら》にステッキを深々と突《つ》き立てられたまま横たわる女性《じょせい》の姿があった。

「……ごめんなさい」

歩み寄ったヴァロフェスにルー夫人が血の気の失《う》せた顔を向けた。

「あなたの言う通り……。わたしは……狂《くる》っていた。そして小さな子供達にとんでもないことを……」

咳《せ》き込《こ》むルー夫人の口から血が溢《あふ》れ出す。

「わたしはもう、死ぬのでしょう？」

ああ、と静かにヴァロフェスは頷《うなず》いた。

途《と》切《ぎ》れ途切れになりながらも、ルー夫人は言葉を繋《つな》いでいった。

「わたしの行き先が、……あるとしたら……きっと地獄《じごく》……もう、娘《むすめ》に……ソフィアには……二度と会えないのね……」

無言のまま、ヴァロフェスは場所をリリスに譲《ゆず》った。

涙《なみだ》ぐんだ顔でリリスがルー夫人にかがみこむ。

「……ソフィア？」

声を掠《かす》れさせ、ルー夫人は首を傾《かし》げた。そして震える手を伸《の》ばし、涙で濡《ぬ》れたリリスの頬《ほお》にそっと触《ふ》れる。

静かに、少女は彼女の手を握《にぎ》った。

「なあんだ、ずっと、ここにいたのね」

微《かす》かに口元を綻《ほころ》ばせ、死にゆく女が呟《つぶや》いた。

「わたしの可愛《かわい》い子。ずっと傍《そば》に……」

言葉は続かなかった。

鎖《くさり》の跡《あと》を手首につけた白い腕《うで》が力なく、床《ゆか》に落ちる。

「……出てこい。マクバ」

リリスのすすり泣く声を聞きながら、ヴァロフェスは低くうなった。

「見せものは終わりだ。……出てこい」

ヴァロフェスの言葉に応《こた》えるかのように、鏡台の鏡が、グラリと歪《ゆが》んだ。

その中に白衣の魔術師《まじゅつし》の姿《すがた》が浮《う》かび上がる。

「さすがは王子。見事なものです」

鏡の中からマクバが笑い声をたてた。そして、優雅《ゆうが》な動作で一礼する。

「その女のおかげで、私のほうもようやく準備《じゅんび》が整いましてございます」

第九話　無《む》の都《みやこ》

1

「この悪魔(あくま)！」


鏡に浮《う》かび上がった白衣の魔術師に気がつき、リリスが悲鳴に近い声で叫《さけ》んだ。

「この悪魔《あくま》！」

「わたし、見たよ、ヴァロフェス！」

涙《なみだ》を溢《あふ》れさせながら、少女は震《ふる》える手でマクバを指差した。

「こいつが妙《みよう》な術《じゆつ》で奥様《おくさま》をあんな風に変えたんだ！」

「それは言い掛《が》かりというものだ」

鏡の中でマクバが肩《かた》をすくめた。

「私はただ、あの女が願いを叶《かな》えるために必要な力を授《さず》けただけのこと。お前が目にしたのはあの女自身が望んだ姿。そしてこの世界はあの女のような者で満ちあふれている」

「嘘《うそ》だ！　そんなこと、誰《だれ》がそんなこと……信じるもんか！」

散らばっていた木片《もくへん》を拾い、鏡台に殴《なぐ》りかかっていこうとするリリスを押《お》さえ、ヴァロフェスは彼女の耳元で囁《ささや》いた。

「マクバと会話をしてはいけない。やつは人の魂《たましい》に毒をまく名人だ」

言ってヴァロフェスは床《ゆか》に横たわるルー夫人の遺体《いたい》に屈《かが》んだ。そして、口の中で小さく祈《いの》りの言葉を呟《つぶや》き、自分の武器《ぶき》を引き抜《ぬ》く。

「……十年だ」

ゆらり、と立ち上がりながらヴァロフェスは言った。

「貴様《きさま》を追って、私は十年間も旅を続けてきた」

「存《ぞん》じております、王子」

楽しげに返すマクバ。

「何十人、いえ、何百人と言う『叫ぶ者』を滅《ほろ》ぼしながらあなたは私を追いつづけた……」

「だが、貴様は私の傍《そば》にいた。ずっとな」

激《はげ》しく歯ぎしりをしながらヴァロフェスは身を低く構《かま》える。

「茶番劇は今日で全《すべ》て終わりだ……。出てこい、マクバ」

「いいえ、王子」鏡の中で、マクバの白衣がゆらめいた。

衣《ころも》の袖《そで》からでた美しい指先に青白い炎《ほのお》が生まれる。

「あなたがいらっしゃるのです。……我々《われわれ》の国に」

マクバの言葉とともに、鏡から強烈《きょうれつ》な光が発せられた。どろりとした緑色の光が洪水《こうずい》のように部屋中を満たす。

隣《となり》でリリスが甲高《かんだか》い声で悲鳴をあげた。しまった、と後悔《こうかい》する間もなく、ヴァロフェスは自分自身が、肉体もろとも現世《げんせ》から消滅《しょうめつ》してゆくのを知った。

「さあ、参りましょう」

すぐ近くでマクバの声がした。

「お父上があなたのお帰りを待っておられます」

2

氷のように冷たい手で頬《ほお》を撫《な》でられ、リリスは目を覚ました。

あの白衣の魔人《まじん》――ヴァロフェスはマクバと呼《よ》んだ――が目の前にいた。

悲鳴をあげて、後ろに飛びのこうとする。しかし、動けない。

見ると彼女は白い木製《もくせい》の椅子《いす》に座《すわ》らされていた。身体《からだ》を拘束《こうそく》する縄《なわ》や鎖《くさり》のような物は何もないが、身動き一つとれない。

椅子に座ったまま、リリスは周囲を見回した。

そこはルー夫人の寝室《しんしつ》ではなかった。

四方から人とも獣《けもの》ともつかない喚《わめ》き声が聞こえてくる。

泥水《どろみず》のように渦巻《うずま》き、膿《うみ》のように腐《くさ》った色の空。

悪夢《あくむ》のようにどこまでも延々《えんえん》と伸《の》びる地平線は、何千、何万とも知れない無数の髑髏《どくろ》で埋《う》め尽《つ》くされていた。

風《ふ》一つ吹かないかわり、凄《すさ》まじい異臭《いしゅう》がたちこめ、足下では、蛆《うじ》や百足《むかで》、蛇《へび》などが髑髏の上で身を絡《から》ませあっている。

「何だよ！　ここ！」

おぞましい恐怖《きょうふ》が全身に這《は》い上がるのを感じ、リリスは怒鳴《どな》った。

「あたしをどこに連れてきたんだ！　この悪魔！」

「無の都だ。……最果ての国、と呼ぶ者もいるがな」

頭巾《ずきん》の奥《おく》で笑いながら、マクバが言った。

「幸運に思うがいい。栄光なるわが故郷《ふるさと》に足を踏《ふ》み入れたことをな」

マクバは軽く右手を振《ふ》った。

と、次の瞬間《しゅんかん》、マクバとリリスの間には、絹《きぬ》のテーブルクロスに覆《おお》われた丸い卓《テーブル》が現れていた。その上には、貴族《きぞく》の晩餐《ばんさん》に供《きょう》されるような豪勢《ごうせい》な食事が載《の》せられている。

「……間もなく儀式《ぎしき》が始まる。お前にはじっとしていてもらおう」

言いながらマクバは、皿からよく熟《う》れたリンゴを手にとった。

「どうだ？　食べるかね？」

「いらないよ！」精一杯《せいいっぱい》の虚勢《きょせい》を張《は》って、リリスは答えた。

「そんなもん、地べたを這い回ってる汚《きたな》らしい奴《やつ》らに食わせりゃいいんだ……！」

リリスの言葉が終わらないうちに、赤いリンゴの表面が音をたてて弾《はじ》けた。

実の中から、小さな蛇や蛆虫が大量に飛び散った。

そのうちの一匹《びき》が、息を呑《の》むリリスの肩《かた》に落ち、ぬめった身体《からだ》を動かしてよじ登り、首《くび》筋《すじ》を一嚙《か》みする。

焼け串《ぐし》を突《つ》き立てられたような痛《いた》みが全身を駆《か》け抜《ぬ》ける。

リリスは口を開いたが、声は出なかった。雷《かみなり》に撃《う》たれたような衝撃《しょうげき》が全身に走り、身を強《こわ》ばらせる。

「どうだ？　リリス」

顔を近づけながら、マクバが楽しげに言った。

「身に覚えのある苦痛だろう？　そう、まだお前が四つの時だ」

覚えている。

全身から冷や汗《あせ》を流しながら、リリスは思った。

母さんが死んで、住んでた小屋を追い出されて……。

一人ぼっちになって、お腹《なか》がすいて、それで……。

「あの時、お前は私にある願い事をしようとした。思い出したか？」

（思い出した。あの時、間違《まちが》ってネコイラズを口にしたあたしは路地裏《ろじうら》で動けなくなっていた。……そしたら、冷たい目で見下ろすこいつが……）

「では、もう一度、願いを口にするがいい」

（……殺して。殺して楽にして）

「言え」刃物《はもの》の様な鋭《するど》い声でマクバが命じた。

「さもなくば、この苦痛を永遠《えいえん》に続かせる。お前の魂《たましい》を未来永劫《えいごう》、苛《さいな》み続けてくれる」

リリスは口を開きかけた。

と、風を切る音が聞こえた。

地を砕《くだ》く音を立てて、マクバの足下《あしもと》に銀細工のステッキが突き刺《さ》さる。

長く伸《の》びた鎖《くさり》が乾《かわ》いた音をたてる。

はっ、と正気を取り戻《もど》し、リリスは振《ふ》り返った。苦痛は嘘《うそ》のように消えていた。

「娘《むすめ》に構《かま》うな、マクバ」鴉《からす》の仮面《かめん》を被《かぶ》った男が、押《お》し殺した声で近づいてくる。

手にはステッキと繋《つな》がった鎖が握《にぎ》られている。

「これは私と……貴様《きさま》の戦いだ」

3

「鼠《ねずみ》のようにこそこそ逃《に》げ回るのもここまでにしてもらう」

リリスを背に庇《かば》い、ヴァロフェスは鎖を引いた。地に突《つ》き刺さったステッキが抜《ぬ》け、手元に返ってくる。

「私と戦え、マクバ」

「逃げ回る、とは心外な……。私は待っていたのですよ？ あなたが再び私に気がつくことを」ため息混じりに魔術師《まじゅつし》が言った。

「……何を言っている？」

「あなたは私を追いつめるために世界各地の『叫《さけ》ぶ者』を訪《たず》ね滅《ほろ》ぼしていった」

「……それが何だ？」

「わかりませんか？」肩《かた》をすくめ、マクバは続けた。

「我々《われわれ》がこうしているこの瞬間《しゅんかん》にも、別の私が『叫ぶ者』を生み出している。そういう風には考えられませんか？」

「……何だと？」

「私は偏在《へんざい》する者なのですよ、王子。あなたのお父上と同じでね」

「十年前もそんなことを言ったな」ステッキを突きつけ、ヴァロフェスは言った。

「私の父とは……何だ？」

「……あなたの父、というのは正確《せいかく》ではありませんな」マクバは腕組《うでぐ》みをした。

「言ってしまえばわたしの父でもある。そして、あなたの傍《かたわ》らで震《ふる》えている小娘の父でもある。……いやいや、それどころか、この世の全《すべ》ての父君であらせられる」

マクバの言葉にヴァロフェスとリリスは思わず顔を見合わせていた。

「つまり」クスクスとマクバが笑う。

「人間でいうところの、神でしょうね」

うなり声をあげ、ヴァロフェスは地を蹴《け》った。

そして、手にしたステッキでマクバの頭を打ち砕《くだ》こうと大きく振《ふ》るう。

しかし、柄頭《えがしら》は空《むな》しく空を切った。

「とにかく、この十年であなたは新たな絶望《ぜつぼう》を知った。この世の呪《のろ》いは決して絶《た》えることはなく、『叫ぶ者』は増《ふ》え続ける一方だ」

真後ろに回ったマクバが、わざとらしい嘆息《たんそく》をしながら言う。

短い怒声《どせい》をあげ、ヴァロフェスはステッキを横に振り上げた。

しかし、渾身《こんしん》の力をこめて横になぎはらったステッキはマクバのほっそりした指の間に捕《とら》えられていた。

「そしてあなたは今、十年前、私に向かって吐《は》いた願いを再び心の底に蘇《よみがえ》らせた」

言いながらマクバはヴァロフェスの手からステッキを奪《うば》い取り、宙《ちゅう》に投げ捨《す》てた。

甲高《かんだか》い音をたて、ステッキはリリスの足下《あしもと》に転がった。

その隙《すき》をつき、ヴァロフェスは魔術師《まじゅつし》に飛びかかり、地に組み伏《ふ》せる。

「貴様……。何が言いたい？」

魔術師のか細い首をしめながら、ヴァロフェスはうなった。

「準備《じゅんび》が全て整った、ということですよ。あなたが真のお姿《すがた》に戻《もど》るためのね」

涼《すず》しい声で答えマクバは、組み伏せられたまま、ある方向を指さした。思わずヴァロフェスもつられて、その方角に視線《しせん》を送った。

そこにヴァロフェスは、二度と思い出したくはないものを見た。

生まれ故郷《こきょう》の都がそこにあった。

この十年間、夢《ゆめ》の中で何度も見た故郷だ。

大勢《おおぜい》の民衆《みんしゅう》でごった返した黄昏時《たそがれどき》の石畳《いしだたみ》の広場。

罪人《ざいにん》に裁《さば》きを言い渡《わた》すための黒ずんだ石造りの塔《とう》。

天に高く掲《かか》げられた魔除《まよ》けの旗。

槍《やり》を天に掲げた厳《いか》めしい面構《つらがま》えの兵士たち。

まさか、これは……。

「その通りです、王子」

組み伏せられたままマクバが言った。

「もう一度、あの時の儀式《ぎしき》をやり直すのです」

しかし、ヴァロフェスはすでにマクバの言うことを聞いていなかった。人々の群《む》れに向かって駆《か》け出していた。

「殺せ、殺せ！　魔女を殺せ！」「息子《むすこ》もだ！　魔女の息子も殺せ！」「火あぶりだ！　火あぶりだ！」

猛《たけ》り狂《くる》った人々を必死でかき分けながら、ヴァロフェスは火刑台《かけいだい》へと向かった。

途中《とちゅう》、何人もすれ違《ちが》った人々には、どれにも見覚えがあった。十年前とまったく同じ顔だった。

と、ヴァロフェスの前に、突然《とつぜん》、鉄の格子《こうし》が現れた。

気がついた時にはすでに遅《おそ》く、ヴァロフェスは鉄の檻《おり》に閉《と》じ込《こ》められていた。

「おい、見ろよ、このバケモノ」

誰《だれ》かがそう言いながら、石を投げつけてきた。

膝《ひざ》にあたりヴァロフェスは思わず声を上げる。しかし、それは痛《いた》みのせいではなく、十年前、投げつけられた場所と同じ所に石があたった驚《おどろ》きによるものだった。

ヴァロフェスは理解《りかい》した。これは十年前の再現《さいげん》なのだ。

あの呪《のろ》われた魔術師の魔法によってそっくり同じことが行なわれているのだ。

だとすれば……。

「死ねよ、汚《けが》らわしいバケモノ!」「そうだ、バケモノは死ね! バケモノは死ね!」「貴《き》様《さま》のせいでこの国は目茶苦茶だ!」「死ね、死ね!」「火で焼かれながら死ね!」

耳が痛くなるような怒声《どせい》の中、ヴァロフェスは格子越《ご》しに、人々の前に一人の女が引き摺《ず》り出されるのを見た。

みすぼらしく薄汚《うすよご》れたドレス。ほつれた長い金髪《きんぱつ》。

忘《わす》れはしない。忘れられるわけがない。

「は、母上……」

自然と喉《のど》から掠《かす》れた声がもれる。

ヴァロフェスの母、——この国の王女は焦点《しょうてん》の定まらぬ目で、わめき続ける民衆《みんしゅう》を不思議そうに眺《なが》めた。端《はし》によだれの光る唇《くちびる》からは、狂人《きょうじん》のものとしか思えない何の意味もなさない音が紡《つむ》ぎ出されている。

「王女サーナの許《ゆる》し難《がた》い罪《つみ》を宣告《せんこく》する！」

鋭《するど》い声に、人々の視線が塔《とう》の突《つ》き出た窓《まど》に集中する。

窓から顔を出した裁判官《さいばんかん》が、羊皮紙に書かれた罪状を読み上げる。

「第一に、悪魔《あくま》と契《ちぎ》りを結び、鴉《からす》の仮面《かめん》をかぶりし魔物を生んだ罪により火刑《かけい》！」

火刑だ、火刑だ、と集まった群集が連呼《れんこ》する。

「第二に、悪魔から学んだ魔術をもって父たる国王、ウラウスを呪殺《じゅさつ》した罪により火刑！」

「違《ちが》う！　それは……違う！」

檻《おり》の中でヴァロフェスは叫《さけ》んでいた。

母上はただの廃人《はいじん》だ。魔術など使えるはずがない。

殺したのは私だ。

私を忌《い》み嫌《きら》い、人目から隠《かく》すために暗い地下に閉《と》じ込《こ》めたあげく亡《な》き者にしようとした祖父《そふ》を殺したのはこの私だ！　魔術師マクバの手を借《か》りて祖父を呪《のろ》い殺したのはこの私だ！　しかし、ヴァロフェスの叫びは誰の耳にも届《とど》かない。

ヴァロフェスは血を吐《は》くような勢《いきお》いで叫んだ。

「やめろ！　やめてくれ！」

しかし、母の足下《あしもと》に火は投げ込まれた。一瞬《いっしゅん》にして母の身体《からだ》は炎《ほのお》に包まれていた。

ああ、母上。

力なく檻の中で座《すわ》り込みながら、ヴァロフェスは思った。

生まれた私の顔を見、気がおかしくなった母上。側《そば》に立っただけで怯《おび》え、逃《に》げ惑《まど》った母上。一度たりとも名を呼んでくれなかった母上。

その母が今、炎の中で燃《も》え上がり、崩《くず》れてゆく。

「いかがいたします、王子？」

肉の焦《こ》げつく激臭《げきしゅう》がたち込める中、背後《はいご》で声がした。

そこにマクバがいた。

口元に笑《え》みを浮《う》かべ、マクバが言った。

「願い事を口になさい、王子。今、あなたの胸《むね》にある願いをよせ。

魔術師の言葉にヴァロフェスは抗《あらが》おうとした。

しかし、彼の口は勝手に動いていた。

「私の願いは……」

「駄目《だめ》だよ、王子！」

激しく格子《こうし》を叩《たた》く者がいた。ぎくり、とヴァロフェスの言葉が止まる。

それは一人の少女だった。イルマ、それがその娘《むすめ》の名前だ。

「お願いだから、あたしのいうことを聞いて！　そいつの口車に乗っちゃ駄目！……そいつはあんたの味方なんかじゃない！　あんたから何もかも奪《うば》う気なんだ！　あんたがあんたでいることすら！」

「おや、これは……」不可解《ふかかい》そうにマクバが首を傾《かし》げた。

「何故《なぜ》、現れたのだ？　余計《よけい》なものは完全に消去したはずだが……まあ、いい」

マクバは鼻を鳴らし、片手《かたて》を一振《ふ》りした。

と、同時に少女の姿《すがた》がかき消えた。

「さあ、王子。妄言《もうげん》の亡霊《ぼうれい》は消えました。あなたの願いを」

一瞬の沈黙《ちんもく》の後——

「私は」搾《しぼ》り出すようにヴァロフェスは言った。

「この世界の全《すべ》てを破壊しつくしたい」

4

「見てごらん」

指差しながらマクバがうっとりした口調で言った。

「あの憎《にく》しみ。あの破《は》壊欲《かいよく》。あの渇望《かつぼう》。なんとお美しい。やはり、あの方こそ我《われ》ら『叫《さけ》ぶ者』の王よ」

身動き一つ取れず、リリスは見つめていた。

ヴァロフェスが過《か》去《こ》の幻影《げんえい》に囲まれ、もがく様を。

そして、白衣の魔術師《まじゅつし》マクバの言葉に応《おう》じてしまった一瞬を。

「ヴァロ……フェス？」

リリスは胸に固い握《にぎ》り拳《こぶし》を押《お》しつけたまま、それを凝視《ぎょうし》していた。

ヴァロフェスの肉体は驚異的《きょういてき》な変貌《へんぼう》を遂《と》げていた。

船の帆《ほ》のように巨大《きょだい》な漆黒《しっこく》の翼《つばさ》。湾曲刀《わんきょくとう》のように冷たく鋭《するど》い鉤爪《かぎづめ》。竜《りゅう》の卵《たまご》のような赤く燃える瞳《ひとみ》。どんな城壁《じょうへき》でも一突《つ》きで崩《くず》せると思えるような鋭い嘴《くちばし》。

それは家ほどの大きさもある巨大《きょだい》な鴉《からす》だった。

過去の幻影であるはずの広場からけたたましい断末魔《だんまつま》の叫びが響《ひび》きわたる。

大鴉のはばたきは大風を起こし、街の家々の屋根を吹《ふ》き飛ばし、断罪《だんざい》の塔《とう》を粉々に打ち砕《くだ》いた。そして、巨大な嘴は逃《に》げ惑《まど》う哀《あわ》れな民衆《みんしゅう》を一人一人串刺《くしざ》しにしてゆく。

「やめて、ヴァロフェス！」

リリスは大声で一方的な虐殺《ぎゃくさつ》を続ける大鴉に呼びかけた。

「それはみんな過去にあったことなんでしょ？　今更《いまさら》、なんであんたまで！」

「それが血の宿命というものだ」満足げにマクバが言った。

「あの御方《おかた》は、もはやヴァロフェスではない。世界に死と絶望《ぜつぼう》の種を蒔《ま》く大鴉……『羽ばたく禍《わざわい》』だ。私はこの日のために数百年の時をかけたのだ。十年前は失敗したが、今度こそ我《わ》が企《たくら》みは成った」

高笑いを始めたマクバに、リリスは唇《くちびる》を噛《か》み締《し》めた。そして、足下《あしもと》に転がるステッキを拾い上げ、走り出していた。

幻影の都で嗚き叫《さけ》び、暴《あば》れ回る大鴉に向かって。

「お前に何ができる、小娘《こむすめ》！」後ろでマクバの嘲《あざけ》り声が聞こえた。

「もう、手遅《ておく》れだ！」

大鴉の嘴が石畳《いしだたみ》を抉《えぐ》った。

泣き叫びながら、数人の兵士が弓を射《い》る。

数本の矢が黒い羽毛に包まれた首筋《くびすじ》に命中し、大鴉《おおがらす》は苦痛《くつう》の叫びをあげた。

その叫び声の振動《しんどう》で瓦《かわら》が吹き飛ばされる。

何とかそれをかわしながらリリスは大鴉の暴れる広場へと向かった。広場はすでに瓦礫《がれき》の山と化していた。

リリスは歯を食いしばりながら瓦礫の山をよじ登り始めた。

「ヴァロフェス！」大声でリリスは叫んだ。

「あんたがそんなふうになってどうすんだよ！」

ようやく瓦礫によじ登ったリリスに大鴉が気がついた。首を傾《かし》げ、大鴉は少女を見下ろした。

紅玉《こうぎょく》のように赤く燃《も》え盛《さか》る瞳《ひとみ》がリリスの姿《すがた》を捕《とら》える。激しい憎悪《ぞうお》に濁《にご》ったその目は、まさしく狂獣《きょうじゅう》のそれだった。

少女の小柄《こがら》な身体《からだ》に恐怖《きょうふ》が電撃《らいげき》のように走る。全《すべ》てを忘《わす》れ、この場から逃《に》げ出したい衝《しょう》動《どう》に駆《か》られる。

しかし、リリスは震《ふる》えながらも、しっかりした声で言葉を発していた。

「あんた、……これで本当にいいの？　このまま、流されて……みんな壊《こわ》して、終わって満足なの!?」

威嚇《いかく》するかのように大鴉が、その漆黒《しっこく》の翼《つばさ》を開いた。

砂塵《さじん》まじりの強風が巻《ま》き起こった。その突風《とっぷう》に吹《ふ》き飛ばされまいと、リリスは地面にステッキを突《つ》き立てていた。

小石や砕《くだ》けた木片《もくへん》が巻き上げられ、リリスに幾《いく》つもの小さな傷を負わす。

苦痛に顔を歪《ゆが》め、ステッキにしがみつきながらもリリスは、必死になって呼びかけ続けた。

「ヴァロフェス！　なんであんたは旅に出たの⁉　あいつの、マクバの思いどおりになって、怪物《かいぶつ》になるため⁉」

叫《さけ》びつづけるリリスに、大鴉は苛立《いらだ》ったように鼻を鳴らした。

そして、己《おのれ》の巨大《きょだい》な足を彼女の頭上に振《ふ》り上げた。

逃《に》げる間も与《あた》えず、その足が少女の小柄な身体を下に押《お》さえ込む。ステッキを手にしたまま、リリスは苦痛に小さな悲鳴をあげた。

「終わりだな、小娘《こむすめ》」

魔術師《まじゅつし》の冷たい声がすぐそばで聞こえた。

「世界があるべき姿に変わる様を思い浮《う》かべながら死ぬがいい」

大鴉の巨大な頭が、ずい、と下げられ、目の前まで迫《せま》る。その瞳には哀《あわ》れみの欠片《かけら》も感じられない。

リリスは歯を食いしばり、もがいた。そして、大鴉の足の下に押さえ込まれた右腕《みぎうで》、――ステッキを持った腕を抜《ぬ》き出そうとする。

「……いいよ、ヴァロフェス。あいつの言いなりになって、私を殺したいなら、殺しなよ。私は……何度もあんたに命を救ってもらったんだから」

リリスは、自分でも驚《おどろ》くほど冷静な口調で――大鴉に語りかけていた。

血に染《そ》まった大鴉の嘴《くちばし》が、幻《まぼろし》の夕日を浴び、獰猛《どうもう》な輝《かがや》きを放った。その輝きは、ゆっくりとリリスに迫《せま》ってくる。

「けど！」

残された力を振《ふ》り絞《しぼ》り、リリスは右腕を引き抜いた。

上に掲《かか》げられた銀のステッキが鈍《にぶ》い光を放った。

「あんたは……お願いだから、元のヴァロフェスに戻《もど》って！」

叫びながら、少女はステッキを振るった。大きくしなり、ステッキは大鴉の頬《ほお》を打ちすえていた。

5

彼は足に押さえつけたちっぽけな生き物の思わぬ反撃《はんげき》に戸惑《とまど》った。

殺してやれ。
身体《からだ》中の血が大声でそう喚《わめ》き立てる。
目をえぐり、腹《はら》を引き裂《さ》いて、臓物《ぞうもつ》を啄《ついば》んで……。
しかし、できなかった。
なぜだ？　理解《りかい》できなかった。
獲物《えもの》は引き裂くのが当たり前だ。
よく目を凝《こ》らしてみる。
女だ。
まだ幼《おさな》い。
彼はその幼い人間に見覚えがあった。
だから、殺せないのか。
いや、まさか。
彼は否定《ひてい》した。
そんな人間の倫理《りんり》観《かん》とは無縁《むえん》なのが自分だ。
自分は死と破壊《はかい》をまき散《ち》らす為《ため》に生まれてきた『羽ばたく禍《わざわい》』なのだから。
彼が知っているのは闇《やみ》だけのはず。

しかし……
足の下の小さな人間が片手《かたて》を伸《の》ばし、何事か叫《さけ》んだ。
と、同時に彼の頭の中に鮮烈《せんれつ》なイメージが炸裂《さくれつ》する。
闇の中でさしのべられた手。
開かれた扉《とびら》。
ほのかな明り。
首にかけられた初めての贈《おく》り物。
そして、その中で微笑《ほほえ》んでいる少女。
イルマ。
そして——。
かんかんに怒《おこ》りながら顔を摑《つか》もうとするもう一人の少女。
傷《きず》つき血を吐《は》く彼を気遣《きづか》う柔《やわ》らかな手。
自分を殺そうとした狂女《きょうじょ》の死を悼《いた》む小さな背中。
そうだ。
この人間を私は知っている。
この人間は私を知っている。

その人間の名前は……。

そして私の名前は……。

「さあ、『羽ばたく禍』よ」

足下《あしもと》で不快《ふかい》な声が聞こえた。

「この娘《むすめ》にとどめを」

「……リリス」

マクバの呼びかけを無視《むし》して、嘴《くちばし》から人間の声が微《かす》かに漏《も》れた。

はっ、としたように足の下にいる娘が顔を上げた。

彼はそっと、娘から足をのけた。

「いかがなされたのです！」驚《おどろ》きと苛立《いらだ》ちを隠《かく》せない声でマクバが見上げた。

「なぜこの娘を殺さないのです!? 『羽ばたく禍』！」

「違《ちが》うな」彼は赤く輝《かがや》く瞳《ひとみ》で魔術師《まじゅつし》を見下ろした。

はっきりした人語で、彼は言った。

「私は、──ヴァロフェスだ」

逃《に》げる間を与《あた》えず、ヴァロフェスは巨大《きょだい》な翼《つばさ》を振《ふ》るい、魔術師の身体《からだ》をはねとばした。

その時、ヴァロフェスははっきりと見た。マクバの口元が驚愕《きょうがく》に歪《ゆが》むのを。

消えろ、マクバ。

お前が世界に溢《あふ》れているというのなら、私は世界中の貴様《きさま》を消してやる。

ヴァロフェスは鋭《するど》い嘴を、ぼろ切れのようになった魔術師めがけて振り下ろした。

マクバの身体が引き裂《さ》かれるのと同時に、周囲を囲んでいた景色が、砕《くだ》け散った。幾《いく》つもの破片《はへん》になって闇《やみ》に飛び散る。

「残念です、王子」遠くで引き裂かれたマクバの声が、ため息混じりに聞こえた。

「せっかくの準備《じゅんび》が無駄《むだ》になってしまった。——今回はわたしの負けを認《みと》め、おとなしく消滅《しょうめつ》するといたしましょう」

6

世界が暗転したかと思うと、リリスとヴァロフェスは、ルー夫人の寝室《しんしつ》の床《ゆか》に投げ出されていた。

「……よぉ」床に横たわったままだった木偶人形《でくにんぎょう》、オルタンが疲《つか》れきった声をかけてきた。

「お帰りよ、お二人さん。……よく生きてたな」

「無事か。リリス」

オルタンを無視《むし》して、ヴァロフェスが手をさしのべてくる。

「良かった。元に戻《もど》ったんだね」

声を震《ふる》わせながらもリリスは、彼の手を取り、微笑《ほほえ》んでみせた。

が、リリスは顔を曇《くも》らせた。

「でも、奥様《おくさま》は……」

リリスは振り返った。そして、横たわるルー夫人の遺体《いたい》の表情《ひょうじょう》に目を見張《みは》る。

ルー夫人は穏《おだ》やかな微笑みを浮《う》かべたまま息絶《いきた》えていた。それは呪《のろ》われ、人外のものに身を堕《お》とした女性《じょせい》とはとても信じられない優《やさ》しげな死に顔だった。

「あたし、……結局、何もできなかったんだね」

「いいや」ルー夫人の上にシーツを被《かぶ》せてやりながら、ヴァロフェスは言った。

「君はこの女性の人生からマクバを追い払《はら》った。……私の中からも」

と、下からドタドタと足音が聞こえてくる。

ヴァロフェスが窓《まど》を開きながら言った。

「どうやら人面狼《じんめんおおかみ》どもも消えたようだ。私の仕事は終わった。……後は任《まか》せる」

「おうおう、せわしねえな。全く……」

ぶつぶつとぼやくオルタンを拾い上げ、ヴァロフェスは、マントを大きく翻《ひるがえ》した。

「……ちょっ、ちょっと待って」

窓を大きく開いたヴァロフェスに、床に膝《ひざ》をついたまま、リリスが呼びかけた。

「まさか、このまま……」

「ああ。この地の『叫《さけ》ぶ者』は消滅《しょうめつ》した。私が留《とど》まる理由は何もない」

「でも……あんた、怪我《けが》をしているのに」

「悠長《ゆうちょう》に傷《きず》を癒《いや》す時間はない。世界中のマクバを消滅させるまではな。だから、それまで……」

言いながら、ヴァロフェスは懐《ふところ》から、何か小さな物を取り出した。

「これは君が預《あず》かっていてくれ」

投げ渡《わた》され、リリスは反射的《はんしゃてき》にそれを受け取っていた。投げ渡された物——、それは例の青い貝殻《かいがら》の首飾りだった。

「ヴァロフェス、これ……」

鳥が羽ばたくような音が聞こえた。慌《あわ》てて、リリスは視線を上げる。しかし、そこに黒衣の男の姿《すがた》はなかった。

心地《ここち》よい、春のそよ風が開かれた窓を静かに揺《ゆ》らしていた。

Curtain Call

Varofess

エピローグ

鎌《かま》のように鋭《するど》い三日月が、夜空に浮《う》かんでいる。

墓石《はかいし》のような廃墟《はいきょ》が、無数に立ち並《なら》ぶ通りを走り抜《ぬ》けながら、若者《わかもの》は激《はげ》しい後悔《こうかい》の念に襲《おそ》われていた。

時折、後ろを振《ふ》り返り、アレが近くまで迫《せま》っていないか確《たし》かめながら。

こんなところに来るんじゃなかった。

恐怖《きょうふ》に顔を引きつらせながら、若者は走り続けた。

泥棒《どろぼう》のマネ事なんてやめなさいよ、という婚約者《こんやくしゃ》の警告《けいこく》を聞くべきだった。

——その都は何かの呪《のろ》いで、一日で住人を皆殺《みなごろ》しにされたんだと……。

友人の行商人は、よく太った腹《はら》をさすりながら、若者にこう話を持ちかけた。

——なあに、十年以上も昔の話さ。……噂《うわさ》じゃとんでもないお宝《たから》が眠《ねむ》ってるって話だ。

放《ほう》っておく手はないだろ？

これでお前も婚礼資金《しきん》が手に入るってもんだな、と気楽に笑っていた友人が実に恨《うら》めしい。

その友人は、この廃墟の都に到着《とうちゃく》した途端《とたん》、命を落としてしまったが。彼の惨《むご》たらしい死に様を若者は生涯《しょうがい》忘《わす》れることはないだろう。眠る度《たび》に悪夢《あくむ》にうなされるに違《ちが》いない。

もっとも、それは生きてこの都から帰れたらの話だが。

と、若者は足を止めた。

若者は荒《あ》れ果てた広場のような場所に立っていた。

「ここ、さっきと同じ場所だ……」

絶望《ぜつぼう》に打ちのめされながら、若者は震《ふる》える声で呟《つぶや》いた。

これで何度目だ。こんなことなら、大人しく自分の店で商売に励《はげ》んでいればよかった。

「……ここにいらっしゃったか」

背後《はいご》から柔《やわ》らかな女の声が聞こえた。

ひぃ、と情《なさ》けない声をあげて、若者は振り返った。

「随分《ずいぶん》と元気な殿方《とのがた》だこと。……走り回るのがよほどお好きとみえる」

そこには青白い光に包まれた女がたたずんでいた。

輝《かがや》く宝石で装飾《そうしょく》された美しいドレスに身を包み、長い金髪《きんぱつ》をなびかせたその女は、ほほ、と楽しげに笑った。

優雅《ゆうが》に宙《ちゅう》を舞《ま》う女の姿は美しいと言えたかも知れない。身体《からだ》の右半分が焼け爛《ただ》れ、すさまじい腐臭《ふしゅう》を漂《ただよ》わせているということを除《のぞ》けば。

「ゆ、ゆるして……」

へなへなとその場にしゃがみこみながら若者は、両手を合わせ哀願《あいがん》した。

「謝《あやま》ることなどなかろう？」

半身を焼け爛れさせた女は怪《あや》しく微笑《ほほえ》み、首を傾《かし》げた。

「わらわはそなたらがここに来てくれたことを嬉《うれ》しく思っているのだから。そなたのお友達に頂《いただ》いたもののおかげで、わらわは元の姿をまた少し取り戻《もど》したわ」

女は握《にぎ》り締《し》めていた左手を開いてみせる。

その上に載《の》せられていたのは、赤黒い肉の塊《かたまり》、――先程《さきほど》えぐり出されたばかりの友人の心臓《しんぞう》だった。

女は掌《てのひら》の肉塊《にくかい》をぬるり、と飲み込み、若者に微笑んでみせた。

「さ、そなたもわらわに贈《おく》り物をしておくれ……」

歌うようにささやきかけながら、女は若者にゆっくりと手を伸《の》ばしてくる。

若者は泣き叫《さけ》び、逃《のが》れようとしたが、身体が動かない。少しでも恐怖《きょうふ》を和《やわ》らげようと目を固《と》く閉じる。

「ついてねえな、兄ちゃん」

甲高《かんだか》い声が聞こえた。

続いて、ドン、という何かが地面に突き刺《つ》さ《さ》る音。

せまる女の動きが止まり、若者は恐《おそ》る恐る目を開いた。石畳《いしだたみ》の上には、奇妙《きみよう》な細工が施《ほどこ》された銀のステッキが突き立っていた。

朽《く》ち果て、斜《なな》めに崩《くず》れた塔《とう》の上に若者は、どんな闇《やみ》よりも黒い人影《ひとかげ》が立つのを見た。

夜風に煽《あお》られ漆黒《しつこく》のマントが音を立てて揺《ゆ》れた。

「ま、これに懲《こ》りたら迂闊《うかつ》に廃墟《はいきよ》なんかに近づかねえこったな」

そう言って、クケケケッと笑ったのは、マントの下にぶら下げられた木偶人形《でくにんぎよう》だった。

どういう仕掛《しか》けなのか、はめ込み式の二つの目玉がグルグルと回っている。

「これは、これは……何と珍《めずら》しい」

女が手の甲《こう》を口元に当て、クスクスと楽しげな笑い声をたてた。

「あの御方《おかた》と取り引きをして久《ひさ》しいが……同族と、それも殿方《とのがた》と出会うのは初めてじゃ」

鴉《からす》を思わせる仮面《かめん》の目孔《めあな》から、鋭《するど》い眼光《がんこう》を覗《のぞ》かせながら、その黒ずくめの男は言った。

「やつは……マクバはどこにいる？」

男のマントが不吉な翼《つばさ》のようにはためいた。

Last Scene and To Be Continued

Varofess

あとがき

突然《とつぜん》ですが、本書の改稿《かいこう》中、作者は生まれて始めて「幽霊《ゆうれい》」というものと出会いました。

神戸の某食事所に、突然、薄っぺらい人型がそのお店に窓《まど》から飛び込んできたのでした。

その人型は唖然《あぜん》とする作者の見ている前で、お店の奥に吸《す》い込まれてしまいました。

今となっては、それが、ホンモノなのか、寝不足《ねぶそく》でぼんやりしていた作者の幻想《げんそう》なのか分かりませんが、なかなかエキサイティングな体験ではありました。

……と、そんなわけで（どんなわけやねん）、富士見ファンタジア文庫の読者の皆様《みなさま》、はじめまして。作者の和田賢一《わだけんいち》と申します。以後《いご》、どうぞお見知りおきを。

本書は第十三回富士見ファンタジア長編小説大賞で努力賞を頂《いただ》いた拙作《せっさく》「ヴァロフェス」を一年ほどの時間をかけて改稿したものです。

実はこの加筆修正《かひつしゅうせい》作業、担当《たんとう》のS様にパソコンの扱《あつか》い方を教えていただくという、かなり情けないところから始まったのでした。しかも、電話で一時間以上。電話を切る際《さい》の、何だかホッとしたような担当様の声に、作者は電子メールすら満足に使えこなせなかった自分のアンポンタンさ、罪深《つみぶか》さを思い知ったのでした。

しかし、その後もウダウダしてしまい、お手を煩《わずら》わせてしまうことばかり。

ああ、思えば、俺の人生、人様に迷惑《めいわく》ばかりかけてるよなあ。（遠い目）

で、拙作「ヴァロフェス」なんですが、作者としては初の長編ファンタジー小説です。無論《むろん》、習作としていくつか短編ファンタジーを書いたこともあるのですが、どちらかと言うと、ＳＦやホラーを好んで書いていたように思います。

だから、という訳でもないのですが、本書を読んでくださる時は、薄暗い部屋の中で手元だけ明かりをつけて楽しんでいただければ雰囲気《ふんいき》が出るのでは、などと勝手なことを思っている作者でした。

あ、勿論《もちろん》、明るいお日様の下で読んでいただいても全然、問題はありません。むしろ、目の健康のためには、読書は明るい場所でしたほうがいいですよね。うんうん。

それでは、そろそろ、本書の執筆《しっぴつ》、および出版に際して、物理的《ぶつりてき》・精神《せいしん》的にお世話《せわ》になった方々に謝辞《しゃじ》を捧《ささ》げたいと思います。

まずは辛抱《しんぼう》強く作者を指導《しどう》してくださった担当のＳ様に。前述《ぜんじゅつ》したことも含めて、本当に感謝しております。次からはもう少し手際《てぎわ》よくがんばりたいと思います、はい。

イラストを担当してくださった人丸《ひとまる》様に。僕の頭の中にいたヴァロフェス以上にカッコいいヴァロフェスや、愛くるしいリリスを描《えが》いてくださりありがとうございました。特に完成版《かんせいばん》ヴァロフェスのキャラ設定には思わず涙《なみだ》がでてしまいました。

この作品に賞という光を与えてくださった審査員《しんさいん》の先生方、編集部の方々に。授賞式《じゅしょうしき》では緊張《きんちょう》してカクカクになっていた作者に皆様《みなさま》から貴重《きちょう》なアドバイスを戴《いただ》き、感無量《かんむりょう》です。

学生時代から右往左往《うおうさおう》していた作者を叱咤激励《しったげきれい》し、今なお支えてくださる先輩《せんぱい》の諸《しょ》先生方にも感謝を。本当はお一人ずつ、お名前を書かせていただきたいのですが、あまりに大勢《おおぜい》いらっしゃいますので失礼ながら、このような形で謝辞を表《ひょう》させていただきます。最前線で活動《かつどう》される皆様のお姿《すがた》は作者にとって目標であり、希望《きぼう》です。

何だかんだ言っても馬鹿《ばか》長男を応援《おうえん》してくれる家族に。心配、迷惑かけ通しですが、犬にでもかまれたと思って我慢《がまん》してください。もう少しね。

作者がこの作品の受賞を電話で知らせた時、「ん？ 参加賞か？」とブラックジョークで笑かしてくれつつも結局《けっきょく》は祝福《しゅくふく》してくれたY君に感謝。

あまり会えないけど、時々、気晴らしに付き合ってくれるO君にも感謝。

最後にこの本を手に取ってくれた読者様、あなたにも最大級の感謝を捧げたいと思います。

それでは近いうちに、次回作でお会いできることを祈《いの》って……。

和田賢一

富士見ファンタジア文庫

Varofess I

――ヴァロフェス――

平成15年4月25日　初版発行

著者――和《わ》田《だ》賢一《けんいち》

発行者――小川　洋

発行所――富士見書房
〒102-8144
東京都千代田区富士見1-12-14
電話　営業　03(3238)8531
　　　編集　03(3238)8585
振替　00170-5-86044

印刷所――暁印刷
製本所――コオトブックライン
落丁乱丁本はおとりかえいたします
定価はカバーに明記してあります
2003 Fujimishobo, Printed in Japan
ISBN4-8291-1489-4 C0193

攻撃天使 1

~スーサイドホワイト~

高瀬ユウヤ

そこは、翼を持たない天使と人間とが対立する世界。天使の少年・百川《ももかわ》は、今日も人間に牙をむく。

今日の獲物は空中帆船。いつものように破壊の限りをつくす百川の前に現れた、天使の少女・彩《さい》の背には無いはずの翼があった……。

第14回ファンタジア長編小説大賞準入選受賞作！　愛と闘争のネオ・ロマンティックファンタジー!!

富士見ファンタジア文庫

ラキスにおまかせ

すべては勅命のままに

桑田　淳

「知恵ある龍の料理を、朕の食卓に！」

事の起こりは皇帝のわがままであった。

龍を倒すだけでも大変なのに、料理するためには、神剣に盾、鍋や鎧や炎、それを燃やす木まで集めなくてはならない。

宮廷魔術士見習いのラキスは、なぜかこの出来もしないであろう秘宝捜索隊リーダーに任命されてしまうが……。

第14回ファンタジア大賞佳作受賞作！

富士見ファンタジア文庫

西域剣士列伝

天山疾風記

松下寿治

女と酒が好きで仕事嫌い。でも頭のキレと剣の腕、そして口の巧さは天下一。漢帝国の武官、陳湯《ちんとう》はそんな男だ。

ある任務のさなか、陳湯は危難に陥っていた少女、星星《せいせい》を救う。しかしそれは、陳湯をシルクロードの戦乱に巻き込む序曲だった！

第13回ファンタジア長編小説大賞にて佳作を受賞。期待の新星が、圧巻のスケールで描く中華歴史活劇！